谢荣琦 著

草叶集

暨南大學出版社
JINAN UNIVERSITY PRESS
中国·广州

图书在版编目（CIP）数据

草叶集/谢荣琦著．—广州：暨南大学出版社，2017.12
ISBN 978－7－5668－2290－1

Ⅰ.①草…　Ⅱ.①谢…　Ⅲ.①诗集—中国—当代　Ⅳ.①I227

中国版本图书馆 CIP 数据核字（2017）第 311775 号

草叶集
CAOYE JI
著　者：谢荣琦

出 版 人：徐义雄
责任编辑：黄文科
责任校对：邓丽藤
责任印制：汤慧君　周一丹

出版发行：暨南大学出版社（510630）
电　　话：总编室（8620）85221601
　　　　　营销部（8620）85225284　85228291　85228292（邮购）
传　　真：（8620）85221583（办公室）　85223774（营销部）
网　　址：http：//www.jnupress.com
排　　版：广州市天河星辰文化发展部照排中心
印　　刷：佛山市浩文彩色印刷有限公司
开　　本：890mm×1240mm　1/32
印　　张：8.75
字　　数：245 千
版　　次：2017 年 12 月第 1 版
印　　次：2017 年 12 月第 1 次
定　　价：36.00 元

题　记

在寂寞的荒原上，忽而冒出几星鲜嫩的野草，点缀出数点绿色，这是何等令人欣慰啊！

夏去秋来，经霜的枫叶红了，如火如荼，如诗如画，那么灿烂，那么耀眼，给人以无限的信心和希望！

累年所得，如草如叶，结攒成集，倘能给人在品茶之余增加一点滋味，便是我之所望了。

自古以来，中国就是一个诗的国度，诗经、楚辞、唐诗宋词、元曲造就了中国辉煌灿烂的古代文化。倘今天我的诗能成为中国诗海中的一滴水珠、中国诗原中的一抹轻红，这便是我聊以自慰的了。

我知道，沧海桑田，我的草叶终将朽腐，但愿它化作养料，滋生出几许新的芽树。

谢荣琦

2017 年 6 月 5 日

CONTENTS 目录

2. 友情爱情诗

3. 景物诗

4. 给孩子们的诗

5. 感怀诗

6. 中外寓言、童话故事、神话诗

第二辑 古体诗

1. 述志

2. 言情

3. 山水景物

4. 咏赞

5. 咏月

6. 感怀

7. 乡情

8. 思念

9. 杂咏

第一辑

现代诗

1. 抒情诗

题照

攻克科学堡垒，
攀登艺术顶峰。
谁人前往，
我是先锋。
抱负留造未来，
智慧可斩珠峰！

1964 年 5 月

雪月之夜

这是一个多么美好的夜晚，
这是一个多么皎洁的世界！
你看，
天上的皓月，穿过云的帷幕，
柔情地俯视着人间，
洒下又清又冷的光；
群山像万千匹战马，
振鬃欲驰；
公路像一条玉龙，
似欲腾跃九霄；
还有那崔巍的山峰，

像顶天立地的武士，
淡淡地披着一件白甲素袍，
多么英伟、多么俊俏！
那高耸的松杉，
像亭亭玉立的少女，
轻轻地罩着一层薄纱，
多么婀娜、多么妖娆！
你看，
大地的一切，
在月光的照射下，都闪烁着，跳动着；
那甜睡的房屋，
那雪树银花，
远远望去，
像碎银，
像宝石，
像晶莹的珍珠，迸发着绚丽的光辉；
而那倒垂的冰凌，
却像钢刀一样，
英气逼人。
啊，在这静静的夜里，
我不禁想得很多很多，
想得很远很远。
我仿佛看见了，
一只雄鹰正迎着暴风雪高翔；
一枝红梅在冰天雪地中昂首怒放；
更有那千千万万纯洁的灵魂，
像雪一样铺天盖地，不可阻挡。
我坚定地相信，
严冬不会长久，
迎面而来的是温暖的风光明媚的春天！

1969 年 2 月

致工人

你站在黄浦江岸，
矫首屹立着，
像战士一样，
用鹰一般的眼睛，
凝视着远方。
你的倔强的英姿，
倒映在黄浦江面。
江边的军舰衬托着你的威武和不屈，
火样的日出为你披上了一件淡红的战袍，
你头顶的万里云天响彻着武装斗争的枪声，
你脚下翻滚着世界革命的怒涛。
为了扫除世上的"害人虫"，
为了人类的彻底解放，
你手里紧握着铁锤和钢刀。
你——钢铁的无产者，
你是祖国的骄傲！

1969 年 4 月 30 日

五月的夜晚

大月亮从山背后爬上了天空，
蔚蓝的天幕中嵌着几点星子，
一缕青黛似的炊烟，
像绸带一样缭绕在山腰，
而夜风啊，
像婴儿的手指，那样的轻柔。
是谁在这美好的夜晚燃起了一堆篝火，

欢乐的人声啊，传得那么悠远，悠远……

静静的夜晚是这样的使年轻人激动和不安，
他们怎能不放声歌唱？
青春的热血在激荡，
远大的理想在召唤，
年轻人啊，充满了对新世界的渴望和向往。
我们为什么不做搏击长空的雄鹰？
我们为什么不做暴风雨中的海燕？

像是保尔的手风琴拉起来了，
把人带到那可爱的家乡，
把人带到那战斗的远方，
像是在大海中航行，
摇动激情的双桨，
迎着急风险浪，
驶向胜利的彼岸。

抖颤的空气，
激动的风，
热烈的蛙声，
阵阵的清香，
姑娘优美的歌声在飞扬，
是那样的热情和真挚，
是那样的亲切和感人，
唤醒了人生，
唤起了人们对未来的憧憬。
歌声深深地融入了我的心，
为什么最会唱歌的小夜莺也在屏息聆听？
为什么月儿也痴情地望着，停止了远行？

为什么小桥流水也失去了潺潺之声？

生活在世上是多么的美好，
这里充满着歌舞和欢笑，
这里充满着希望和爱情。
但是，我们怎能忘记，
世界上还有豺狼，
世界上还有受苦受难的人民。
夜，美得使人不忍离去，
它激励着我们去同一切的丑恶，
作更坚决的斗争！

1969 年 5 月 2 日

暴风雨颂

云像万千匹战马黑压压地飞滚而来，
风呼啸着，凶猛地横扫大地。
天被踏沉了，
地在摇动着，
只有群山，
依然岿然屹立。
你看，那一道闪电，
像一柄金光灿烂的宝剑，
照见人间的丑与恶，
一声霹雳，
把它击个粉碎。
暴风雨来了，
这个勇猛的战士，
真的降临了人间！
暴风雨啊暴风雨，

多少诗人为你翩翩起舞！
他恨不能化作海燕，
飞入你心之深处，
来揭示你的秘密，
并做你的忠实伴侣；
他恨不能借助你的风暴，
摧毁一切枯木朽株；
他恨不能挥起你的电鞭，
扫尽世上的魑魅魍魉！
诗人又是怎样的为你叫好欢呼——
他希望你来得更猛烈些；
他宁愿抛弃那柔和的月色和娇艳的花朵，
来为你高歌咏唱！
暴风雨啊暴风雨，
你是那样的倔烈，
你是那样的情面不顾，
人们既欣赏你发怒狮子般的雄威，
更期待你之后绚烂的彩虹，洁净的空气，
还有清朗的晴空！

1969 年 7 月 15 日

水轮上

一艘水轮划波驱浪，
迎着初升的朝阳，
矫首昂视，驶在滚滚的昌江。
船上载着一群学生青年，
他们像无忧无虑的山雀，
给水轮增添了生气和希望。
我问你，骄傲的水轮啊，

你要把这群学生，
带到什么地方？
也许是远方，那里海阔天空，
系住了年轻人的心弦。
年轻人将要在那儿工作和战斗，
他们将用自己的行动，
写下独立生活的篇章！

外面的空气是多么的新鲜，
年轻人纷纷地走出了船舱，
靠着船的铁围栏，
望着水轮划开层层波浪，
不禁沉溺于自己的梦想。

一位清秀的年轻人坐在一旁深思。
他穿着一件朴素灰蓝的工人装，
或许他的心飞回了可爱的家乡，
或许他的心随着水轮劈波斩浪，
或许他的心飞向了人生世界的大战场！

你听，一个男中音在歌唱，
那醇厚浑重的歌声，
伴着那隆隆的马达声，
传得很远很远，
那么感人，那么沁人心坎。
是的，年轻人呀，
你应当歌唱，
那远大的前程和事业，
不正等待着你去开创！

我也看见，
这些蓬勃不宁的学生中，也有一些女青年，
像出水的芙蓉那般的清朗鲜艳。
她们穿着整洁的衣裳，
一点也不忸怩妖艳；
她们健美丰满的胸脯上，
蕴藏着多少青春的力量！
她们有的背着淡蓝的塑料水壶，
有的挎着黄色的军用背包，
英姿勃勃，像战士持着战斗的钢枪。
你看她们明亮的眸子，
齐看着远方的蓝天；
微风吹拂着她们柔软的头发，
她们像挺立的白杨！

前面的道路还很长，
年轻人啊，不要留恋彷徨，
不能光有理想，没有实践，
走与工农相结合的路，
这就是方向。
飞吧，
飞向战斗的地方！

1969 年 8 月 7 日至 9 月 22 日

我

我知道，
我是一个野蛮人。
且不要说我长得多么难看，
还有无知、愚蠢、粗短，

更有一身黑皮肤，
加上那粗鲁的语言和大笑，
就像一头狮子在发狂。

我也知道自己头脑迟钝，
不会辩也不会讲；
更有一个恶劣的脾气，
从不会去乞求别人的可怜。
我也没有文明人的嗜好，
不会把自己打扮得华丽漂亮；
也不像一个高傲的绅士，
会喝酒吸烟；
外面袒露的，
只是一颗真诚的无愧的心。

我是那样的不讨人喜欢，
“你是一个不好的人！”有人这样说。
先生，你说得对，
在你的眼里，
我甘做这样一个不好的人。
我是这样的倔烈，
胆敢违背他人的心愿，
但我恪守着这样一句名言——
走自己的路，
让人们去笑、去骂、去讲！

1969 年 9 月 13 日

海燕

海燕，海燕，
为何不飞翔？
难道怕风雨，
难道怕危险？
不，
只待羽翼满，
一翔万里天！

1969 年 9 月

我爱小湖

我没见过大海，
我也不爱大海。
我爱的是静静的小湖。

夏天，我喜欢坐在湖岸浓密的柳荫下，
看书钓鱼。
湖水柔和的涟漪，
把我的心灵轻轻地慰抚。
傍晚，我喜欢独自在清澈的湖水中游泳，
自由自在，
像一条快乐的小鱼。
飞水溅浪，
斑斑点点，有如撒银泼玉。
在绚丽的晚照下，
我喜欢在湖边思索散步。
湖中飘来阵阵荷花的清香，

点点沁入我心灵的深处。

月亮升起的时候，
我喜欢和朋友们坐在湖边的石头上，
望着辽阔的夜空，
尽情地谈论、歌唱，
或者幻想着遥远的前途。

1969 年 9 月

美丽的夜晚

美丽的夜晚，
激动着人的心弦，
年轻人围坐在一起纵情地歌唱。
姑娘们的歌声像那淙淙的清泉，
姑娘们的胸脯像一脉远山裹着薄雾，
姑娘们的脸庞像含苞的花朵初吻着朝阳。
啊，叫人怎能不歌舞？
叫人怎能不迷恋？
我爱，
我爱这样的夜晚。

1970 年

致边防战士

我们有的是枪，我们有的是子弹，
我们的敌人，
如果你贪婪，张开大口，
那么，我们可以给你送上千万发子弹，
把你打个稀巴烂。

我们有的是枪，我们有的是子弹，
我们的敌人，
假如你不自量力地猖狂，
把我们的国家来侵犯，
我们将毫不吝惜自己的枪弹，
将你们一个不剩地消灭在我们的国土上。

1970 年 8 月 13 日

黄河四部曲

——为钢琴协奏曲《黄河》而作

一、黄河渔夫曲

乌云笼罩四方，
天黑、风急、浪险。
颠簸的帆船，
在与风浪紧张地搏战。
一张张黑瘦的脸，
一双双粗黑的手，
一支支挥动的桨，
面对着黄河翻滚的浊浪，
万众一心，
奋击向前。
浪头掀腾，
浪花飞溅，
涛声呼啸，
暗流回旋。
艄公稳如泰山，
扳正舵向，
绕过暗礁，

冲过险滩，
直驰彼岸。

东方露出黎明的曙光，
黄河的勇士登上了河岸。
引吭高歌吧，
迎接那鲜红的朝阳。

二、黄河愤

黄水在沉重地叹息，
波涛在絮絮地倾诉；
黄水点点汇集着多少血与泪，
波涛滚滚诉说着多少辛酸悲愤的故往。

一张破网，一把瘦骨，
渔夫的脸上饱经风霜；
深深的皱纹，
凝集着多少难忘的苦痛；
黑瘦的肌肤上，
残留着累累的鞭痕刀伤。
狠毒的渔霸呵，
像恶狼一样吮咬我们的血肉，
我们成年累月地在风雨中辛勤操桨，
换来的是压迫、饥饿、寒冷和皮鞭。
多少个雷雨交加的夜晚，
焦虑的妻子儿女擎着渔灯，
忧心如焚地盼着亲人的归帆；
多少个五更天，
我们郁愤地盼望着雾散天亮。

黄河，
你两岸有着广阔富饶的沃土，
为什么我们还食不果腹、衣不御寒？
黄河，
什么时候，
我们能看见你淌尽苦水，流出蜜浆？

黄河，
翻开你的近代史，
哪一页没有屈辱？
哪一页没有苦痛？
在你宽阔的河面上，
为什么行驶着挂着太阳旗的兵舰？
在我们广袤的土地上，
为什么头戴钢盔的日寇在肆行横蛮？
烧杀、抢掠、无恶不作。
多少人惨遭屠杀，
多少人妻离子散，
多少人受辱被侮，
多少人四处流浪。
到处是碉堡林立，
到处是日寇的刺刀闪着寒光。
在冒烟的村庄的废墟上，
呈现着强盗的狰狞的鬼脸。
我们善良的母亲在遭受着凌辱，
我们的祖国啊，
处在危亡的边缘。

苦痛不能长久，
黑夜总有尽头。

哪里有压迫，
哪里就有反抗！
血泪滴滴化怒涛，
汇成滚滚黄河浪。
起来，起来，
快砸碎身上的锁链！
起来，起来，
为保卫黄河而战！
起来，起来，
快拯救祖国的危亡！
黄河，你怒吼吧！
黄河，你咆哮吧！
用你愤怒的波涛，
化作掀天的力量，
把压迫者和侵略者全部埋葬！

三、保卫黄河

听，一曲信天游萦绕在延安上空，
多么悠扬，多么明朗！
生机勃勃的边区，
到处是明媚的春光。
看，宝塔巍然入云，
俯视四方；
延水静静流淌，
心情欢畅；
瓦窑堡的灯光，
像冲天的火炬，
把茫茫的黑夜照亮。
延安，
你是革命的灯塔，

你是中国人民的希望和向往！
多少革命青年，
风尘仆仆，历尽艰险，
投入你的怀抱；
多少爱国志士，
来到你的身边，
成为革命队伍中的光荣一员。
辽阔的黄水之滨啊，
集合着一群中华民族的优秀子孙，
为了祖国的独立和民族的解放。
伟大的中国共产党啊，
率领全国人民奋起了武装的抵抗。
母亲黄河啊，
露出欣慰的笑脸。

听吧！抗日的号角已吹响，
看吧！抗日的烽火已燎原。
风雷滚滚行大道，
雄兵百万打豺狼。
长长的黄河之滨，
筑成了日寇不可逾越的一道屏障。

在高高的山冈，
在广阔的平原，
在茫茫的森林，
在密密的青纱帐，
到处都有我们的八路军、新四军，
到处都是歼灭日寇的战场。

红日升起在东方，

游击队之鹰在翱翔歌唱。
看那深夜山间红红的篝火，
那是战士们露天的营房。
为了祖国母亲的笑脸，
我们餐风宿露，苦也甘甜。

黄河的涛声，
像轰响的雷鸣，
激越悲壮；
黄河的涛声，
像催战的鼓点，
激励着人们英勇作战。
复仇的子弹，
射向侵略者的心脏；
雪亮的大刀，
砍向帝国主义的豺狼。
中国人民的斗争，
由小到大，
由弱变强，
叱咤风云，
连成一片，
化作浩浩荡荡的黄河巨浪，
席卷帝国主义的凶强。

四、黄河颂

黄河滚滚奔向东方，
粗犷、豪迈、永不疲倦。

黄河，
你伟大坚强！

五千年的古国文明，
在你葆育下滋生发扬；
勤劳勇敢的中华民族，
生息在辽阔的黄水之滨。

黄河，
你用一条雄美的金质腰带，
装点着祖国的大好河山；
你轰响的涛声，
是勇士谱成的壮歌，
响彻万里云天。

黄河，
你是一条战斗的河！
在有阶级的历史里，
中国人民哪一天停止过斗争？
哪一天停止过反抗？
黑沉沉的旧中国啊，
三座大山重重如磐，
中国人民呼喊声声盖黄浪，
战斗犹如黄水酣，
前仆后继，
英勇顽强，
砸碎铁枷锁，
迎来红太阳。

黄河，
你是一条英雄的河！
历史上，
陈胜吴广斩木起，

黄巢、李闯、洪秀全，
义旗高举名流芳。

今天，黄河，
为了你的独立和解放，
多少革命者抛头洒血，
多少爱国志士背井离乡，
把惊天动地的事业开创。

帝子风流浪淘尽，
黄河，
而今你跨入二十世纪的春天。
革命浪涛滚滚来，
燎原烽火火连天，
中国开始了气壮山河的无产阶级革命斗争。
黄河，
你像巨人一样站起来了！
中国人民受欺受压的历史，
已经一去不复返。
黄河，
用你的英姿雄视这苍茫的世界吧！
黄河，
用你豪迈的涛声响彻这沉沉的世界吧！
让一切剥削阶级的可怜虫，
在你的惊涛骇浪前战栗吧，悲泣吧！
只有伟大的中国无产阶级，
才是黄河的主人，
只有伟大的中国无产阶级，
才是黄河之魂！

1971 年

致祖国

你，历史悠久的文明古国，
你，毛泽东的故乡，
你，勤劳勇敢的民族啊，英雄的国度，
七亿人民生息在你辽阔富饶的土地上。

看啊，
黄河滚滚奔流激荡，
长江清流横贯中原，
金沙江像少女般恬静流淌，
巍巍的泰山啊，
像勇士一样气宇轩昂，
昆仑山啊，
像利剑一样直插云天，
还有那举世闻名的井冈山，
武装斗争的星火，
把整个神州大地点燃。

啊，
祖国的河山，
你是这样的壮丽，
你又是这样的清秀端庄。
多少仁人志士为你折腰，
多少豪迈的伟业在你胸中酝酿，
多少英雄的故事在你心中永久地流传。
古老的长城依然是那么的雄伟壮观，
大运河依然在滔滔向前，
祖国啊，

你将诞生更加伟大的诗篇！

今天，
伟大的社会主义祖国啊，
到处都盛开着灿烂的鲜花，
到处都洒满了明媚的春光。
南京大桥横跨长江雄视四方，
红色卫星环绕全球《东方红》高唱。
祖国啊，
你变得多么的年轻，
多么的美丽娇艳，
你像灯塔一样放射着绚丽的光芒！

但是啊，
我们怎能忘记过去的苦难，
怎能忘记毛主席带领我们跨过的万水千山！
红军的滚滚铁流，
还是我们今天奋斗的方向。
谁忘记过去，
谁忘记世界革命，
这就是最大的背叛！

祖国啊，
我是你的人民的忠实的儿子。
我爱你，
就像爱我的母亲，
我要把我心中所有的激情，
倾诉给你，
我要用我粗犷的歌喉，
衷心地为你和你的人民歌唱。

为了保卫你啊，
我将举起那战斗的钢枪！

1972 年 10 月

我是一位革命的诗人

西天燃烧着绚烂的晚霞，
静静的小湖中，
两只白鹅在快活地浮游，
湖畔的柳枝在轻轻地摆动。
我坐在湖边的石头上，
做着自己玫瑰色的梦。
夜莺啊，是为了爱情而泣血地歌唱，
我啊，也要为了美好的理想而去努力追寻。
于是我拿着竖琴，佩着剑，
开始了漫漫的人生旅行。

我翻越了雄浑的阿尔卑斯山，
跨过了流淌碧波的莱茵河、多瑙河、尼罗河，
见到了高耸的埃菲尔铁塔，
也观赏了宏大的罗马圆形角斗场遗址。

啊，美丽的莱茵河畔，
你的天空是这般的蔚蓝，
你的楼塔拱顶直插云端，
那雅典娜神庙，
显得那么的壮观。
几位年轻的姑娘在井边汲水，
并把清清的泉水为干渴的旅人递上。
“尊敬的客人，

你来自哪个国度？
你面带忧郁啊，
莫非有什么心事？”
“我来自东方的文明古国，
我在世界各地游荡，
寻找着纯洁的友谊和爱情。
但我一次又一次失望，
因此我痛苦而忧伤。”
我给她们弹起了优美的竖琴，
琴声倾诉着自己的人生梦想。
我用东方男子浑厚的男中音娓娓歌唱，
唱出了青春的激情，
唱出了对美好未来的憧憬。
曲终人们相继散去，
唯有递给我水的那位姑娘还对着我深情地凝望。
呵，我还从未见过像秋空一样碧蓝深邃的大眼睛，
那么热情，那么情意绵绵。
“远方的客人，
你是这样的痛苦和忧伤，
也许我的友情，
可以减轻你的痛苦。”
温柔的少女，
用她那纯洁无邪的友谊和爱情，
慰抚着我痛苦的心灵。

我曾同她踏着莱茵河畔的月色漫步，
也曾同她躺在茵茵的草地上欣赏郊外的风景，
我给她谈起了我美丽的故乡，
她睁着海一般深邃的眸子默默倾听。
晚风轻轻送来野花的清香，

夜色朦胧，如诗如梦。

罗马的将军看中了我的心上人，
他用金钱买通了她的父母，
他们要把美丽的姑娘，
嫁给又老又丑的将军。

爱情给予我们力量和勇气，
为了自由和幸福，
远走高飞吧，
海阔天空，
哪里没有我们的前程！
我们乘船来到亚得里亚海岸，
凶狠的罗马将军的士兵，
像狼一样地追踪而来，
他们扬言要把我们，
送上监狱和法庭。
我的心上人，
那不可侮的女神，
为了我，为了爱，
猛然扑向喧腾的大海，
我眼前，只掠过含泪的倩影……

我的心上人，
为了真挚的爱情英勇献身。
面对狂暴的大海，
我的眼泪汹涌着，
我悲愤地大声呼号，
海水也变得更加狂暴。

人生世界是这样的冷酷，
我含着泪默默地重新上路。
我走出城来到郊外，
看见一位生病的老人，坐在路边发出痛苦的呻吟。
我想医生的职业是多么的神圣！
洁白的长衫，
慈母的心灵。
去当一名医生吧，
去解除人们被病魔折磨的苦痛！

我钻研了许多医学名著，
刻苦自励，不敢懈怠，
终于我拿起了听筒，
开始我行医的神圣职责。

一天，我的诊所来了一位贵妇人，
跷起脚叫我为她诊治。
完了，她掏出钱不屑地扔在桌上，
我突然感到一种莫名的受辱的痛苦。
哦，可怜的医生，
为了钱，你必须摆弄那发臭的脚。
医生，你纵能医好人的病痛，
却不能医好人们的灵魂！
于是，我脱下了医生白色的长衫，
决心继续去追寻。

眼前，呈现一座朴素的村庄，
一条清清的小河，
小船上船夫在悠悠地划桨；
岸上的鸡鸭在竞相觅食，

牛犊在哞哞地叫唤。
水乡的风光是那么明媚迷人，
水乡的人民是那么质朴纯良。
我决计去当一名作家，
去发掘人们灵魂中的美好和善良。
多少个炎炎酷暑，
多少个寒冷夜晚，
我仿佛置身梦幻的境地，
热情的圣火在必剥地燃烧，
我心灵的翅子，
为渴慕的理想彻夜地飞翔。
激情的泪光，
难以自禁地溢满了我的双眼，
我的笔啊，
勾出了人生的丑恶和卑鄙，
也把人类的美德着力地赞扬。

你看，街头的人们步履匆匆，
他们为生计奔波。
我发现，现代社会的人们
生活繁忙，节奏加快，
他们无暇去读大块的文章。
我的大部头著作对他们来说，还有什么作用？

普罗米修斯曾经偷火种给人间，
丹柯曾燃烧自己的心带人们走出黑暗。
我呢，我要给人们什么？
宇宙世界是这样的广袤浩大，
去研究人生的哲理吧，
让真理的声音广布四方。

我阅读了中外的哲学史，
哲人的头脑像大海一样深邃，
又像岩石一样坚硬，
唯物论，辩证法，
你要这样地看取人生。
哥白尼发表了太阳说，
震撼了神学的宝座；
马克思发表了《资本论》，
引发了无产者革命。
革命的洪流滚滚向前，
我也曾尝试发挥自己对哲学的收获和才能，
可原来我并不是那种振臂一呼
应者云集的英雄，
反而是才浅口拙，默默无闻。

茫茫的世界呵，
曾被血泪交织。
人类的历史，
哪一页不留下苦痛？
沉重的苦役，
压弯了人们的脊骨；
成年累月的劳动，
使得人们如钢铁般坚韧。
我是劳动者中的一员，
我懂得什么是艰辛，
我要拿起武器，
同人们一道工作，一道斗争！

贵族呵，爱的是脉脉温情，

战士呵，着迷的是战斗的歌声。
豪迈的歌声，
点燃了人们生命的热情，
激励着人们更英勇地去战斗。

这里是真真实实的革命，
需要的是艰苦和全心的付出，
迎面袭来的是风浪滚滚，寒流阵阵；
麻雀早就收起了小小的翅膀；
只有海燕还仍然在搏击飞腾。
我虽然不是海燕，
但我是革命大军中行进的一名士兵。
假如我能吹响战斗的号角，
使人们从沉睡中惊醒，
勇敢地投入革命洪流，
这才是我的高兴和荣幸！

从此，我的灵魂的翅子，
鼓满了革命的暴风。
从我的竖琴里流出来的，
不再是娓娓动听的爱情，
而是喷洒着革命的铁与血，
燃烧着炽烈的火与剑。
我是人民的儿子，
我是革命的诗人，
我要为革命大声地呐喊，
我要为战斗而快乐生存；
我是革命的反响，
我是革命的触觉和神经。
我的诗句，

像森林中的响箭，
像轰响的雷鸣，
我的热情的歌声，像战斗的号角，
将永远激励着千万万劳动者斗争、前进！

1974 年 6 月 10 日[①]

林场晨歌

我站在高山之巅，
望东方日出心潮荡漾。
慷慨激昂引吭高歌，
林中百鸟也齐来伴唱。

看万山莽莽苍苍，松杉吐翠，
杜鹃如火，红遍山崖。
雨后天空，蔚蓝如洗，
春色浓浓，生机盎然。
俯视梨园，皎洁如雪，
遥望桃林，绯红烂漫。
茫茫群峰，朝晖尽染，
群山奔驰，绿海涌波。
深深山谷，乳雾迷漫，
江山多娇，英雄竞妍。

面对着茫茫林海，
忆往昔热泪盈眶。
当年是荒山秃顶，凄凉满眼，
如今是葱郁墨绿，林莽茫茫。

---

① 这首诗初稿被毁，只剩下摘抄的片段，此稿根据回忆连缀而成。

付出了多少劳动，
流下了多少汗水，
送走了多少炎炎烈日，
经历了多少风霜雨雪，
几度春秋，几经霜华，
才有了今日的松杉万根。

面对着苍茫的林海，
想起那拓荒的岁月，
银锄起落，挥汗如雨，
拓荒者的心中，
装着五洲的风雨、四海的涛声。

在这万物复苏的早晨，
祖国啊，
我怎能不为你纵情放歌？
我们要用勤劳的双手，
把你装点得新美如画，永葆青春！

1975 年 3 月 2 日

献给祖国

献给你啊，亲爱的祖国，
假如我的杯里不是玉液琼浆，
那浓芬的米酒啊，
我也要为你满满地斟上；
假如我没有大海一样的诗篇，
我心灵深处那不可遏制的激情呵，
也要像泉水一样地喷放；

假如我没有百灵一样的美妙歌喉，
我的粗劣的芦笛啊，
也要为你娓娓地吹响。

献给你啊，亲爱的祖国，
献上革命战士的一片心意。
我要用来自火热战场的钢枪，
热烈地为你奏鸣；
我要在你火红的旗帜上，
精心地绣制镰刀斧头；
我要在你坚实的土地上，
显示伟大人民的勃勃雄姿；
我要描绘你啊，毛泽东的故乡，
到处都是明媚灿烂的春光！

1975 年 10 月

话剧《红峦松青》题词

朝晖鲜红灿烂，
万山奔涌，
瀑布飞溅，
遥望劲松挺拔，
雨后郁郁葱葱。
我们是年轻的山鹰，
酷爱祖国的美丽河山，
为了革命的理想，
勇敢地凌空翱翔！

1975 年

元旦抒怀

我站在高山之巅，
看天北海南。
残云尽扫，
气象万千，
万里山河展春图，
马列大旗迎风扬。
祖国啊，
在朝晖中一派辉煌灿烂。

聆听着祖国巨人般的进军步伐，
我不禁心潮澎湃，浮想翩翩。
为了伟大祖国的昌盛富强，
多少人在火热的炼钢炉旁舞动钢钎，
多少人不顾风雨严寒向大地开战，
多少人守卫在边疆海防，
紧握钢枪，
鹰一般的眼睛，
盯着强盗蠢动的魔掌。

我是未来教育战线上的一名战士，
祖国啊，
我将怎样地为您工作？
我们的生命将化作万点红色的种子，
散播在广阔的山区、田间；
我们的青春热血将把祖国的下一代，
浇灌得像山花一样烂漫。

蓝空中掠过了矫捷的银鹰，
海面上驶过了威武的军舰，
工厂的林立的烟囱，
吐出了缕缕的青烟，
我们——
要使祖国的红旗，
千秋万代，永远飘扬！

1976 年元旦

我们向往井冈山

乌云滚滚，
电闪雷鸣，
历史把我们带到苦难的一九二七年。
是陈独秀的右倾机会主义，
葬送了革命，
把党的事业推向了毁灭的边缘，
多少共产党人倒在殷红的血泊之中。
是谁用力挽狂澜的巨手，
挽救了党，挽救了中国革命，
是您啊，毛泽东！
您率领秋收起义的队伍，
登上了井冈山，
又把井冈山斗争的火种，
撒向四面八方。
从此——
中国革命烈焰熊熊，
出现了辉煌的希望。

风雷驱赶严寒，

迎来了莺歌燕舞的春天。
经过二十八年急风暴雨般的岁月，
五百里井冈，
万峰吐翠，
生机盎然，
一九六五年一个历史性的日子，
毛主席又一次登上井冈山。
啊，伟大的领袖，
站在巍巍的井冈之巅，
纵观五洲风云，
胸装四海波浪，
要把新的革命征程开创。

啊，井冈山，
革命的摇篮，
你山头的红云像战旗一样飘荡；
你的五大哨口，
至今还凝集着炮火的硝烟。
多少人从你这儿找到了力量，
多少人从你这儿找到了方向。
你的革命的火种，
不但播下在中国，
而且播下在亚非拉，
播遍了全世界。

啊，井冈山，
我们衷心地把你向往，
今天，
我们是教育战线上的战士，
我们是毛主席的工农兵学员。

领袖开创的革命道路，
我们多么想亲身经历一番。
在革命的征途上，
我们总是从你那儿汲取丰富的精神食粮。
我们知道，
宁静的书斋，
产生不了真正的战士；
雄鹰的翅膀，
要在风雨中洗练。
在我们身上，
肩负着革命事业的责任，
肩负着培育祖国下一代的重担，
任重道远，无上荣光。

雄伟的井冈山，
革命先辈战斗过的地方，
我们热切地把你向往。
请党相信我们吧，
我们要沿着毛主席开辟的井冈山大道，
高路入云端！

1976 年 7 月 14 日

唱给金色的大地

为什么大地金光灿烂，
那是沉甸甸的谷穗一望无边，
为什么大地笑声朗朗，
那是丰收的欢乐激动着人们的心弦，
为什么大地银光闪闪，
那是挥舞的镰刀发出的光芒，

为什么公路上尘土飞扬，
那是卡车载着谷包驶向远方。
啊，赞美你，金色的大地，
赞美你，神圣的劳作，
赞美你，勤劳勇敢的人们，
社会主义的道路，
使你的土地上到处都洒满阳光，
到处都有丰收的喜悦，
到处都有幸福的笑脸。

1977 年 7 月 22 日

南国风

南国风，是清新的，
像久旱的田野渴望的甘露，
吹来了高科技的讯息。

南国风，是迅猛的，
犹如摧枯拉朽的狂飙，
掀动着改革开放的大潮。

南国风，是灼热的，
像一团滚动的火球，
在中华大地燃成燎原之势。

南国风吹到的地方，
厂房如笋，楼房如林，
城乡面貌焕然一新。

南国风，

吹散了中国天空闭锁的阴霾，
人们眼里呈现出整个世界。

南国风，劲吹吧，
中国人民将乘着你，
大步跨入崭新的世纪！

1980 年 10 月 9 日

无名小草吟

愧对大树，
愧对姣花，
我是那无名的小草。
大树给人以栋梁，
姣花供人以赏玩，
我只点缀绿色于万里春园。

啊，树木是那么的高大、挺拔，
花儿是那么的娇妍、美丽，
而我啊，
只是默默无闻地铺满大地。
尽管我是那么的微小和丑卑，
但我也有自己的歌声和欣喜。
初春，
我最先萌出新芽；
盛夏，
我长得茂盛无比；
霜雪中，
我的茎叶虽然萎去，
然而我的根部早已嗅到了春的气息。

大地上数我最多，
我是大地的儿子。
大地母亲哺育了我，
我也尽力保护着母亲丰腴的肌体。
并且，为了我的牛羊兄弟啊，
我无私地献出了我生命的血液。

无论是在陡峭的山崖，
还是在幽暗的山谷，
又或是在深深的海底，
我都在那儿快乐地生息；
就连荒凉的大沙漠上，
也有我的倔强的足迹。
有时大火烧毁了我的躯体，
来年我又现出蓬勃的生机。
平凡、质朴是我的品格，
可是里面也蕴藏着强劲的伟力！

1984 年 5 月 9 日

鲁迅画像

——有人偷走了我的一帧嵌有鲁迅画像的镜框，画像成了我的永恒的怀念

在我的书桌上面，
有一帧嵌在镜框里的鲁迅画像。

画像上，
是先生根根竖起的怒发，
棱角分明的额头，
横眉冷对的面容。

炯炯的两眼，
正射出利剑般的光芒，
先生手臂凸突的青筋里，
奔涌着热血，
先生饱满浓墨的狼毫，
正书写讨伐群丑的华章！
先生仰靠在病榻上，
凝神远思，
在最后的日子里，
先生想到的是，
永不休战！

每当我坐在桌前，
凝望着先生的画像，
我的心就像潮水般翻腾，
我的身上就有一股向上的勇气和力量！
时间就是生命，
先生的话有如一种无形的鞭策，
使我不敢有一刻的偷懒和苟安！

每当我坐在桌前，
对着先生严峻的目光，
好像先生在对我说：
把你的笔，
化作匕首和投枪，
去与丑恶的旧世界作战！
于是，我就以一名战士的姿态，
成为革命队伍中冲锋陷阵的一员！

今天，竟然有人悄悄地把它拿走了，

有如偷走了我徒空四壁的房中的一束火光，
从此再也看不到镜框中先生那坚毅的面容，
再也看不到先生那勃勃的雄姿！

我坐立不安，
彻夜难眠，
这，竟成了我一生的遗憾和永久的思念！
为此，我写下了这首小诗，
将先生的面容和雄姿，
永远深深地镶嵌在我的心坎上！

1985 年 5 月

时间的河，生命的河

时间的河，生命的河，
在我脚下默默地流过，
每天，碌碌无为的生活，
像蛇一样吞噬着我的躯体，
咬嚼着我的灵魂，
我哀伤，
忧思百结，
寒霜悄悄地爬上了我的两鬓，
河水无情地消蚀着我
就像淘刷着水中的沙砾。

时间的河，生命的河，
在我脚下急切地奔腾，
我决心在逆境中奋起，
站在时代的浪尖，
努力向前，

去开创新的生活。
被时间抛弃的，
是那些慵懒的可怜虫，
成功属于——
自强自立的热血男儿。

时间的河，生命的河，
在我耳边唱着激情的歌，
他时而深沉，
时而高亢，
时而愤怒，
在我心底燃成熊熊的大火，
他歌唱光明，
歌唱太阳，
他歌唱美丽的维纳斯，
他无情地鞭挞着愚昧和丑恶，
他喧嚣着，咆哮着，
像一匹威风凛凛的雄狮。
呵，这就是我的河，
我的河……

1987 年 5 月

在诗国的沃土上

我诞生在诗国的沃土上，
我的脚下是莽莽周原，
我的身边流淌着滔滔的黄河、长江，
我的耳边萦绕着河岸纤夫的沉重叹息，
还有历代诗人宛转而深沉的吟唱。

我的祖国有着多少秀美壮丽的名山大川，
莽莽昆仑、巍巍泰山、奇峻黄山，
还有滔滔黄河、静清长江，
孕育了多少诗人和诗魂；
在祖国金子般的黄土上，
留下了多少诗人的足迹。
古老的《诗经》，
有着多少优美的爱情诗篇；
楚人屈原，
诗里流淌着忧国忧民的哀伤；
唐人李白，
有着对祖国山水的雄奇歌唱；
而杜甫、白居易，
笔下也饱含对穷苦人深切的哀怜。

哦，我是诗国沃土中萌生的一株春芽，
我是激荡的风雷中催生的一滴雨点，
我是黄河急流中迸溅的一朵浪花，
我是长江清波上扬起的一片风帆！

在当今的时代，
我的祖国正焕发出诗一般的异彩，
她的人民正用勤劳的双手，
书写前无古人的篇章，
我怎能不为之起舞，
我怎能不为之歌唱？

我歌唱长河日出，
我歌唱莽莽高原，
我歌唱神圣的劳动，

我歌唱纯洁的爱情，
我歌唱红的花，
绿的叶，
在疾风骤雨中，
我兴奋地发出战斗的呐喊！

1987 年 6 月 5 日

生命之河

生命之河，
从你身边悄悄流过。
如果你一味寻欢作乐，
你的河啊，将会慢慢变得干涸！

生命之河，
它不息地流淌，翻滚着泡沫，
如果你顽强地进取，
高举着圣火，
你的生命将化作红霞万朵！

生命之河，
它不事喧哗，默默流淌。
人啊，不要希冀意外的奇迹，
要想收获硕果，
必须辛勤地耕耘开拓！

生命之河，
流过卵石，冲刷沙砾。
如果你勇敢地对待生活，
你的河啊，将唱出战斗的欢歌！

生命之河，
你有一双公正的手啊，
谁严肃地对待人生，
谁的历史就将用彩色来涂抹！

1988 年 3 月

《红叶》题词

在遍地的霜华中，
群木萧疏，
众芳凋残，
唯有这一树红叶呵，
却是那么耀眼，那么鲜艳！

啊，红叶，
你是东边天际的一片红霞，
你是深秋寒气中的一团火焰，
你是一面战斗的旗帜呵，
你给人以辉煌的希望之光！

啊，红叶，
尽管你没有春花那么多彩多姿，
可是你的叶脉里流动的，
却是战士殷红的血浆；
尽管你只是那么不起眼的星星点点，
可是你的伙伴却将千山万壑
点染得分外灿烂！

啊，秋日中的火焰，

尽管你燃烧了随即熄灭，
然而，人们绝不会忘记你带给他们的温暖！
尽管你的生命像红霞那么短暂，
然而，你是黑暗中的光亮，
冬日里的春阳，
你显示了生命的苍劲和明朗！

啊，红叶，
你大胆地闪烁吧，
你尽情地燃烧吧，
人们将从你身上，
吸取顽强向上的力量！

1988 年 10 月 18 日①

文学

文学是酒，使人迷醉；
文学是火，照亮了人的心扉；
文学是溪，源远流长；
文学是海，畅游其中，其乐无穷；
文学是山，攀登者尽览其峰顶风光！

1990 年

中国龙

你是一条巨龙，
背负着五千年的历史，
载着亿万的民众，

① 本诗为《红叶》创刊作。

河山漫漫，
物华天宝，
潜艇下海，
卫星升空，
四小龙哪可争雄？

你是一条赤色的龙，
口内吐火
身上披金，
有的，是一颗社会主义滚烫的心！

你是一条腾飞的龙，
沉睡百年已苏醒，
脚下大潮奔涌，
天上云海翻腾，
鳞爪张扬，
遨游长空。
前有红霞万朵，
笑迎旭日东升！

1992 年 10 月 12 日

南疆雨，北疆雪

南疆的雨，
北疆的雪，
飘飘洒洒，
纷纷扬扬，
下个不停。

南国的风，

灼热的风，
吹来了春天的讯息。

北疆的雪，
砌玉堆银，
玉洁冰清。

国门打开，
喜迎嘉宾，
中外人民，
兄弟情深，
经商往来，
互利互惠，
其欢何畅，
其乐融融，
干戈已化解，
玉帛贯长虹！

1992 年 10 月 20 日

南海潮

南海潮，
汹涌澎湃，
滚动着时代的主旋律。

南海潮，
云水激荡，
高唱着改革开放的战歌。

南海潮，

在你的浪尖上，
活跃着一群勇敢的弄潮儿。

南海潮，
你洗荡了大地的污垢，
洗涤了人们的思想。

南海潮，
在你的潮水中，
祖国张开了前进的风帆！

1992 年 10 月 20 日

历史的思索

我孤独跋涉在寂寞的荒原，
我在苦苦地寻觅，
历史是什么？历史是什么？
也许有人说，
历史是一位任人打扮的小姑娘，
历史是一部翻手为云、覆手为雨的政变经，
历史是阴谋家、野心家篡夺权力的工具，
历史是可有可无的故纸堆，
这真是满嘴胡言，一派谬论！
历史是一条河，
波涛滚滚，
淘尽千古风流人物，
历史是一个舞台，
多少风云人物在上演着或威武雄壮或优美动人的剧目；
就算是普通人，
每天也在表演着自己生活的悲喜剧。

每个人既是演员，也是看客。
请问，
你将怎样扮演好自己的角色？
历史是一张网，
大至党、政、军、经、科、文，
小至轶闻趣事，
无所不包，无所不容。
历史是一面镜子，
它可以照出古往今来的一切人和事，
它可以反映真、善、美和假、丑、恶；
历史是政治家的教科书，
也是哺育伟人的摇篮；
历史是一串又一串的故事；
历史是电影电视取之不尽、用之不竭的源泉，
历史给人以——
渊博的知识，
高尚的情操，
非凡的智慧
和宽广的胸怀。
我在历史的长河边漫步，
我看见长河中倒映出璀璨的星空，
流淌出香醇的美酒，
翻涌出美丽洁白的浪花！

1999 年 4 月

共产党人

在漫漫长夜中，
共产党人是一支冲天而起的火炬；
在与侵略者和反动派的战斗中，

共产党人是一面不倒的鲜红旗帜；
在历史前进的步伐中，
共产党人是一列呼啸向前的火车；
在为人民服务的事业中，
共产党人是一头任劳任怨的孺子牛。

2003 年 4 月 6 日

自立存照

本应大学求学，却在农村干活。
初中尚未读完，却在中学代课。
有幸进得师范，尔后即向研究生冲刺。
虽然未曾考中，六年函授，却获中文本科。
教坛执鞭，已历廿六寒暑。
崇尚文学，也曾舞文弄墨。
屡遭退稿，未冷一腔热血。
兴趣广博，古今中外有涉。
琴棋书画，样样都曾摸过。
偶发宏论，竟然声名鹊起。
京都来文，竟如翩翩鸿鹄。
会议访问，屡屡回拒婉却。
神思竞驰，灵感星光闪烁。
创新火花，奔涌网上列车。
清正处世，淡泊名缰利锁。
天马行空，独往欲之何岸？

2003 年 8 月

北京之歌

——北京奥运会会歌征词

在世界的东方，
有一座古老而又年轻的都城，
她，就是美丽的北京。

啊，北京，
你的河流淌着五千年的文明，
你的心蕴藏着腾飞复兴的梦，
你有着亘延万里的长城，
巍峨耸立的白塔，
清澈碧蓝的北海，
金碧辉煌的故宫，
还有气势恢宏的奥运村。

二〇〇八，
各国的体育健儿云集在这里，
竞技、拼搏，
勇夺一顶顶馨香的桂冠。
公平是我们的理想，
公正是我们的愿望。

我们挑战生命的极限，
我们放飞青春的梦想。
体育是联结我们友谊的金链，
五环是沟通五大洲的桥梁。
和平、进步、发展，
历史的车轮滚滚向前。

让我们手挽着手，
让我们肩并着肩，
去迎接明媚的太阳！

2005 年 3 月 27 日

哈尔滨之夏
——第四届全国特殊奥林匹克运动会会歌征词

哈尔滨的夏天，
阳光多么明媚！
美丽的太阳岛上，
到处是快乐的游人。
碧绿的松花江上飘着片片白帆，
千里平原送来阵阵醉人的花香，
夜晚，
霓虹灯像天空洒落的五彩星星，
把今日的城市，
装扮得更加艳丽动人。

二〇〇六是个流金溢彩的岁月，
中国第四届特奥会在这儿隆重举行。
我们高举团结进步、创新发展的旗帜，
我们弘扬勇于竞争、顽强拼搏的奥林匹克精神，
我们挑战生命的极限，
我们向命运勇敢地抗争，
我们向祖国母亲宣誓，
我们有信心，有能力，
登上奥林匹克的新的高峰！

2005 年 6 月 2 日

天使

我张开翅膀，
伴着旭日而来；
我驱走黑暗，
给大地带来光明；
我扫去阴霾，
给人们带来温馨；
我给愁苦人带来快乐，
我给年轻人带来青春和爱情。

你看见东方绚丽的朝霞了吗？
那是我为早起的人们涂抹的胭脂；
你看见天空那弯弯的七彩长虹了吗？
那是我为人们通向成功铺设的路；
你看见那轻纱般的白云了吗？
那是我给予人们的飘逸的愉快心情；
你看见西天如火的晚霞了吗？
那是我给老人们描绘的最美的图景。

请记住啊，
当你失意的时候，
想想我吧，
我会为你点燃希望；
当你痛苦的时候，
想想我吧，
我会为你抚摸受伤的灵魂。

2007 年 1 月 27 日

我爱你，五月

五月是最美的，
天空是蔚蓝的，
太阳是温暖的，
湖水是清澈的，
草地是碧绿的，
花儿是鲜艳美丽的。
月亮升起来了，
月色是橙黄色的，
姑娘们穿上美丽的裙子，
露出她们雪白的皮肤；
小伙子脱下衣服，
看起来那么强壮。
鸟儿在飞，
狗儿在跑，
人们在唱歌和跳舞，
五月给予我们最美好的礼物，
也给予我们希望和快乐！

2007 年 5 月 2 日

祈愿

朋友，
今天，你是一株破土而出的小苗，
明天，你可能长成参天的大树；
今天，你的歌声回荡在教室，
明天，你的歌声可能回荡在世界的上空。
唱歌吧，歌声是天堂的仙乐，

歌声是天使的翅膀，
只有爱美的人才爱唱歌，
只有爱生活的人才爱唱歌。

2007 年 5 月

妈妈的吻

妈妈的吻，
有如茉莉的清香；
妈妈的吻，
有如蜜糖的甘甜；
妈妈的吻，
有如冬日的阳光；
妈妈的吻，
凝聚着深沉的爱；
妈妈的吻，
源自宽容博大的胸怀。

2009 年 6 月

愿望之星

我愿把微笑献给你，
拂去你眼里的丝丝寒意。
暖暖的真情，
带你走出心的雨季。

我愿把手伸给你，
与你的手紧握在一起。
坚韧的毅力，
带你越过心的废墟。

我为你准备了一束鲜艳的玫瑰，
我为你准备了一桌充满诗意的烛光晚餐。
心与心相印，世界变得美好，
息与息相通，前路分外明亮。

坚定地前行吧，
不要惧怕路上的荆棘，
让我们为未来祝福吧，
海阔天空，阳光明媚！

2009 年 8 月

普希金之死

呵，普希金，
俄罗斯的天才诗人，
夜空中的一颗熠熠闪烁的明星。
才华横溢，
青春正盛，
他爱上了美丽的乌丽娜，
为了她，
他勇敢地拔出了剑，
与情敌决斗。
不幸的是，
他倒在了殷红的血泊之中。
为了爱，他献出了宝贵的年轻生命。
一颗光芒四射的新星陨落了，
世界失去了一位不可多得的诗人。

由普希金的死，

我想起了一些为爱殉情的故事。
中国的梁祝为爱死后化蝶双飞，
他们的爱情凄美感人；
朱丽叶为罗密欧喝下毒酒，
他们用生命见证了爱情的坚贞。
可普希金为爱赌上了年轻的生命，
却为世人留下了遗憾和惋惜。
我不知道，
他倾心去爱的人，
是一朵艳丽的交际花，
还是一块纯洁无瑕的水晶？
他的爱人，
是否真值得他为之付出珍贵的生命？

2015 年 2 月 8 日

启明星

你，
一个人孤独地守在东边的天上，
浑身熠熠地闪烁着亮光。
四周静悄悄，
山河依稀，
天宇苍茫，
你，黎明的天使，
在轻轻地呼唤，
唯恐吵醒了甜睡的孩子，
唯恐吵醒了梦中的新娘。
你，给早起的人们带来了希望，
看，须臾红霞漫天，
跟着一轮朝阳喷薄而出，

而你，
却悄悄地消失在天幕后面。

2015 年 3 月 24 日

心之衷曲

党啊，
我是你队伍中的一名普通士兵。
我爱你，
就像儿子爱着母亲，
就像溪流恋着大海，
就像禾苗恋着甘露。

党啊，
历史上你的队列中出了多少伟人，
毛泽东、周恩来、邓小平……
他们的名字像星星一样闪烁着光芒；
你的队列里又出现了多少英雄，
董存瑞、刘胡兰、黄继光……
他们的事迹青史留名。
我，
也为在他们的队列而感到光荣。

党啊，
你领导人民进行了二十八年的武装斗争，
打下了一个崭新的中国。
今天，我们在你的领导下进行一场更加伟大的革命，
国家的腾飞，民族的复兴，
是我们光荣的使命！

2016 年 10 月

鑫鹏

大鹏，
你神奇的鸟啊，
口含阳山之金，
翼若垂天之云，
一翔九万余里，
横绝沧海冥冥。
谢谢你啊，
把幸福和吉祥带给人间。

2016 年 10 月

王的女人

王的女人，
美丽而高贵。
王的女人，
吃的是山珍海味，享受着荣华富贵。
可王的女人，
内心却寂寞而痛苦，
与众人分享王的爱。
有的不得不独守孤灯。
为争宠，
她们变得忌妒而凶狠，
泯灭了正直善良的本性。
不如去做个普通的民妇吧，
在丈夫面前，
还可以获得爱惜和尊重。

2016 年

诗歌不死

有人类便有爱，
有生活便有美，
有人类生活，
便有诗歌。

诗是有思想的，
诗是有声音的，
诗是心灵的音乐，
诗是凝固的艺术。

诗是优雅的，
可以静静地欣赏。
诗是奔放的，
可以大声地歌唱。

诗有如美丽的女子，
充满着温情。
诗有如尖锐的利剑，
可以刺入人的灵魂。
诗有如燃烧的火炬，
点燃人们战斗的热情。
诗有如灿烂的明灯，
照亮人们前进的行程。

人类不灭，
诗歌不死，
生命不息，

诗歌不亡。

2017 年 1 月 3 日

写在世界读诗日

3 月 20 日是个美好的日子，
天上涂抹了灿烂的朝霞，
地上坠满了粉红的桃花雨，
小溪潺潺地流着，
鸭子在湖中扇着翅膀，
欢快地游着。

啊，我的爱人，
在这个春光荡漾的日子，
我要为你唱一首歌，
唱出我心中的激情，
我要为你写一首诗，
写出我对你深深的爱恋！

在这特殊的日子，
我想起了我的祖国，我的人民，
他们正开始深化改革开放的新的征程，
富强、民主、文明、和谐、美丽，
是他们用勤劳的双手描绘的祖国的图景。

在这特殊的日子，
我也想起了中东那成千上万的难民，
为了逃避那漫天的战火，
他们不得不撃妻携子，离乡背井，
他们多么渴望停止战乱，迎来和平！

此刻，我的心也在为他们深深地哀痛！

啊，3 月 20 日，
在这充满诗意的日子，
我要放飞梦想，
让灵魂得到片刻的自由和安宁！
我要在诗海中轻轻掬起一片浪花，
让我的心变得平静，甘之如饴！

我知道，
一些国家伟人如毛泽东也爱诗写诗，
许多普通人也爱诗、读诗、写诗，
我想，当世界上大多数人都爱诗、读诗，
世界将变得更加美好，更加文明！

2017 年 3 月 20 日

“一带一路”赞

一条神奇的天路，
穿过戈壁，穿过沙漠，
穿过高山，穿过河谷，
联结着亚非欧三大洲陆，
它给路两边的城市带来了繁荣，
也给那里的人民带来了幸福。

一条海上的金色飘带，
使茫茫大海变成了通途，
它载着满满的货物，
它载着满满的财富，
它给人们带来了商机和富裕，

它使人们看到了希望和幸福。

啊，延亘千年的丝绸之路，
今天又焕发出奇异的光彩，
是哪个伟人啊，大手一挥，
描绘了如此气势磅礴的蓝图！

2017 年 6 月

我深爱的祖国

我深爱着这块土地，
我深爱着这里的人民，
我深爱着这儿的高山河流，
我深爱着这儿的平原湖泊，
我深爱着这儿的草地森林，
我深爱着这儿的工厂、矿山、村庄，
我深爱这块土地上肥壮的牛羊、袅袅的炊烟，
还有头顶的白云、蓝天！

祖国啊，
我的血脉连着你的一草一木，
我的呼吸连着你跳动的脉搏。
我是你的儿子，
我要为你的美丽、你的富强做出贡献！

2017 年 6 月 6 日

诗

诗是无声的音乐，
它跳荡的音符，

拨动着人的心灵。

诗是语言的精华，
它优雅婉转
像一条清澈的小溪，
叮叮咚咚流向远方。

诗是一棵小草，
预示着春天的降临。

诗是一朵鲜花，
散发着迷人的芬芳。

诗是一座丰碑，
它记录着历史，
承载着昨天、今天和明天。

爱诗吧，
它给你希望，
它给你力量！

2017 年 6 月 11 日

咏香港回归祖国二十周年

啊，香港，
你是中国大地上一块玲珑晶莹的碧玉，
你是中国东南方一块熠熠闪光的宝石。
可是，在一百年前，
由于清政府的腐败懦弱，
你却成为母亲身体割下的一块鲜肉，

献给了殖民强盗。
一百年来，香港人民用血汗和劳动，
撑起了香港的繁荣。

1997 年 7 月 1 日，
洗刷了百年的耻辱，
香港终于回到祖国母亲的怀中。
今天，紫荆花区旗与五星红旗同样绽放着美丽，
伟大的祖国，
从来都是香港繁荣的坚强后盾。
我们相信，
港人的聪明才智和祖国母亲的支持，
一定会使香港更加繁荣。
啊，香港，
你是一朵永不凋败的紫荆花！
你是一盏连接祖国、连接世界的光彩夺目的明灯！

2017 年 7 月

草原

是谁燃起了篝火，
是谁舞步翩跹，
是谁歌声悠扬，
是谁奶茶飘香，
是谁跨着骏马，
是谁搏击蓝天？
草儿青青，
野花烂漫，
帐篷点点，
这就是美丽的草原！

2017 年 7 月

中国人民解放军建军90周年有感

1927 年是一段不同寻常的岁月，
4 月 12 日，
蒋介石下令其爪牙对共产党人举起了屠刀，
成千上万的共产党人倒在了殷红的血泊中，
鲜血擦亮了共产党人的眼睛，
鲜血促使了共产党人的觉醒。
8 月 1 日，
南昌起义打响了武装反击反动派的第一枪，
紧接着，9 月的湘赣边界的秋收暴动，
12 月的广州起义，
都是缔造人民军队的英勇创举。
是毛泽东带领秋收起义的队伍上了井冈山，
创建了第一块革命根据地，
而朱毛的会师，
使人民军队由弱转强，发展壮大。
井冈山的星星之火，
终于越烧越猛，
形成燎原天下之势。
今天，
人民军队已成为雄视天下的钢铁之师，
回想人民军队的战斗历程，
我们怎能不热血沸腾？
我们对未来更加充满力量和信心！

2017 年 8 月

神奇的宇宙世界

宇宙世界是如此的神奇，
白天既有一个金光灿烂的太阳，
晚上又有一轮静谧优美的月亮，
世上既有雄壮有力的男人，
又有美丽娴静的女人，
天下动物，
有雄又有雌，
自然万千，
有风又有雨，
山川壮丽，
花草迷人。
人们啊！
请珍惜这片和平与安宁，
请爱护我们美丽的地球村！

2017 年 8 月 10 日

打工潮

二十世纪八十年代初，
一股改革开放的春风吹拂着古老中国的大地，
国门打开，
一时间，
沿海的工厂、公司如雨后春笋，
城里的青年，
乡下的农民，
纷纷走出家门外出打工，
有如滚滚的海水形成了大潮——打工潮，

这是改革开放形势下形成的一股强大的社会冲击波。
一幢幢厂房，
一栋栋高楼，
拔地而起。
昔日的农民，
演变为城里的工人，
他们用双手创造了财富，
也获得了应得的远远高于种地数倍的报酬。
他们走出了家门，
学到了技术，
学到了知识，
也看到了一个全新的世界。
打工的大潮，
搅动了中国城乡一潭静静的死水，
给中国城乡带来了翻天覆地的变化！

2017 年 8 月

在生活的舞台上

在生活的舞台上，
每个人既是演员也是看客。
每天舞台上都上演着真实的悲喜剧，
每个人都扮演着一定的角色。
待人接物，
一言一行，
一颦一笑，
都有一定的规则。
有人说，我是自然流露，
可谓率真，
有人说，他是矫揉造作，

可谓虚伪，
这似乎无可厚非，
只要纯净出自本性。
人啊，
活在世上，
应扮演好自己特定的角色，
力求寻找生活中的真、善、美，
力戒生活中的假、恶、丑，

2017 年 8 月 30 日

咏歌舞女孩

你，
发丝乌黑飘洒，
眼波清澈如潭，
手臂白皙柔软，
红霞淡淡飞上脸庞。
歌声甜甜有如小溪潺潺，
舞姿翩翩，
有如鲜花绽放在舞台上。

2017 年 9 月

有感于“旅游热”

改革开放以来，
中国大地兴起了“旅游热”，
中国政府顺势而为设立了“黄金周”，
旅游之风犹如东风鼓荡，
越刮越强。
以往，旅游曾是富人生活中的点缀，

也是一种高昂的奢侈品；
今天，随着国民生活水平的提高，
旅游也进入了千千万万寻常人的生活。
遥想两千年前，
司马迁游历了天下名山大川，
眼界开阔，
挥笔写下了流传千古的不朽的《史记》，
而今，人们游山玩水，赏花赏月，
壮阔心胸，陶冶性情，
在繁忙的工作、生活之余，
卸下重负，放松心情，
体味大千世界的美景和生活的甘甜。
旅游搞活了经济，
也带来了财富，
它使人们的生活变得有滋有味，
也使人类社会变得更加文明。

2017 年 10 月

死的思索

有的人死了，
给子女留下了一笔巨额的存款；
有的人死了，
为后辈留下了一座宏大的庄园；
有的人死了，
给子女留下了别墅；
有的人死了，
为后辈留下了豪车。
可有的人死了，
有如流星在夜空划过，

什么也没有留下。

给后辈留下巨大遗产的，
如果子女把此作为前进的基础和动力，
还未尝不可，
如果躺在遗产的安乐椅上好逸恶劳，
前行的翅膀不再扇动，
那么，遗产将只会滋生出生活的懒虫，
这是一幅多么可悲的令人不愿看到的图景。

我们知道，
司马迁为后人留下了千古绝唱《史记》，
蔡伦为人们留下了造纸术，
李白、杜甫为人们留下了千古不朽的诗篇，
李时珍为人们留下了医药巨著《本草纲目》，
欧仁·鲍狄埃为人们留下了《国际歌》，
周莹40岁，用毕生的心血为后辈创了一个巨大的商业帝国。
他们虽然死了，
却在人们心底树起了一座永不磨灭的丰碑，
他们像镶嵌在夜空的北斗星，
发出璀璨的光芒，
给夜行的人们以力量、信心和方向！

人啊，
你是否想过，
在你死后，
你将给人们留下点什么？

2017年10月12日

诗与歌的随想

诗歌，诗歌，
诗与歌本是一对不可分割的孪生兄弟，
就像人的左耳和右耳。
可是今天，
诗与歌却有了隔阂，
右耳大，左耳小，
诗遭到了冷落，门可罗雀，
歌受到了热捧，场面火爆，
这是为什么？

在古代，
诗为阳春白雪，
和者众多；
歌为下里巴人，
和者甚寡。
诗是无声的音乐，
可吟唱，可玩味，留诸笔墨；
歌是有声的音乐，
可唱，可赏，上可遏云，但逝如水波。
因此，诗流传久远，
歌留存寥落。

今天，歌的优美的旋律，
或甜美，或欢快，或热烈，
使人如醉如痴，
一歌起兮，万人和，
既伴唱，又追星，

诗呢，在此未免相形见绌。

但是，诗歌，诗歌，
诗是歌的魂，
歌是诗的形，
只有诗与歌结合在一起，
它们才会隽永、高雅，
才会成为美妙的天籁之音，
才是最美的永恒的音乐！

2017 年 10 月 26 日

2. 友情爱情诗

古德玲

我心上的友人，美丽的古德玲，
你在哪儿？
你的身影总是钻入我的灵魂，
你的名字时时在吞嚼我的心。
我暗暗地郁伤，
总不能遗忘。

当我看见蓝空高飞的白鹤，
好像看见了你那美丽的身影；
当我仰望秋夜朗空的星星，
犹如看见了你那闪烁动人的眼睛，
那么深邃、多情，
它比宝石更晶莹。
我曾听过你的热情歌唱，
火一般的情感，
燃着了我的一颗灰冷的心。

我曾与你在小湖边静静的柳荫下漫步，
我爱听你真挚的迷人的话语，
我更爱你圣洁的理想，
你的脉脉柔情，

慰抚了我的狂暴的习性。

我曾在大海中游泳，
凝视着翱翔的勇敢的海鸥，
犹如看见你在矫捷地驰骋。
啊，古德玲，我心爱的姑娘，
哪一天你才能冲破闭锁的樊笼，
自由地飞翔在万里蓝空？

我常常在月色下沿着陡峭的海岸默默地前行，
海水激情的浪涛，
像你把柔和的爱絮絮地倾诉给我听。
我曾被放逐在遥远的西伯利亚，
在北国的寒冷的冰雪里，
你伴随着我，
度过那难忘的痛苦的岁月。
可是，古德玲，我的心，
你如今在哪儿？

古德玲，多情的女人，
告诉我，莫非你爱上了哪一位伟丈夫？
难道有一位骄傲的英雄将把你俘获？
我知道，
无论是金钱，还是地位，
都换不到我姑娘的心。

难道是那大海淹没了我的心上人？
从此，在那美丽的姑娘中，
在那静静的柳荫下，
再也没有了我的古德玲，

再也没有了那奉春天般的明朗的微笑，
再也没有了那双因相思而忧郁的深沉的眼睛，
再也没有人来安慰痛苦人的心灵。
古德玲，
没有你，
我是多么的痛苦悲伤，
为了你，
我将放弃世上的所有女人。

1970 年 5 月

诗琴

不要那金质的竖琴，
不要那丝质的竖琴，
只有那灰色的钢铁的竖琴，
才能紧紧地扣住姑娘的心。

不爱那绵绵的柔和的旋律，
不爱那俗人的脉脉温情，
只爱那狂放的斗争的热情，
它能使死去的复活，衰老的新生。

为什么一个女子只该被父母所出卖？
为什么金钱地位要玷污圣洁的灵魂？
为什么自由的身躯要束缚在富贵的门庭？
为什么要嫁给不合心意的丑卑的男人？

跳出来吧，姑娘！
爱我吧，姑娘！
勇敢地拥抱你所爱的人，

只有我们才是生活，
只有我们才是青春。

1970 年 12 月

金色的月夜

天边升起了金色的月亮，
天幕蔚蓝，
星星在俏皮地眨眼，
夜风拂动着岸边的垂柳，
湖中送来阵阵荷花的清香，
远远的湖面，
泛着一片银子般的粼粼波光。

在这美好的夜晚，
一位俊俏的少女，伴我坐在湖边的石头上。
我们款款地交谈，
我们挚情地歌唱，
少女的樱红的小嘴里，
吐出了爱情的甜蜜话语，
像那乳浆一般的香甜。
那少女初恋的火燃烧着，
温暖了我寂寞的心房。
啊，姑娘，
你是多么的迷人！
我战栗，
我幸福，
我要深深地把你爱上。
我的爱像溪水那么悠远，
我的爱像大山那般巍然，

我举着爱情的火炬，
弹着美妙动听的竖琴，
佩着闪着幽光的剑。
啊，皎洁的月亮，
你的光给大地撒下了一张乳白色的大网。
银河隐退了，
星群也失去了灿烂，
只有悠悠的白云啊，
像蒙着面纱的少女在轻轻地游荡。
哦，我的美丽的天使啊，
你在何方？

遥想着天上的织女、牛郎，
远隔着滚滚滔滔的银河，
成年累月地痴情地相望，
只有在一年一度的七夕啊，
才相会在喜鹊搭成的天桥上。
我似乎听见了葡萄架下恋人的窃窃私语，
幸福的人儿啊，
但愿一时的陶醉，
不要成为一生痛苦的思念！

啊，别了，美丽的迷人的少女，
啊，别了，瑰丽的粉红色的爱情。
我举着剑，
默默地前行，
我听见了理想召唤的声音！

1970 年 12 月

致女神

是深蓝夜空中最亮的一颗星，
是马群中最白的一匹银鬃马，
是花海中最美的一树红棉花，
姑娘，为什么你那样系住了我的心？

当我看见朗朗夜空中的圆月，
犹如看见你姣好迷人的脸庞；
当我看见小塘一汪清清的碧水，
犹如看见你那动人的眼睛，
那么深邃，那么脉脉含情；
当我看见那初放的娇艳的月季，
犹如你脸上绽放的明媚的笑容；
当我看见天上飘着的橘红色的彩云，
犹如看见你身着美丽衣裳的倩影。
有如皑皑的白雪初落山冈，
你那么的白皙，那么的玉立亭亭；
高直挺秀的白杨啊，
是你苗条娇俏的身姿。

我偷偷凝视你稀世的美色，
是嫦娥仙子的翩翩丰姿，
是织女姑娘的勤劳的剪影，
是罗莱累的郁郁歌声，
是索菲亚的忠贞的圣洁灵魂，
是大海边美丽的贝壳，
是夏夜星空下的点点流萤，
是静静小湖岸柳树的梦一般朦胧的倒影，

是美的象征，
我眼前总是浮现你的身影。

是阿非利加的炎炎烈日，
给我留下了劳动的痕迹；
那威武的美洲狮啊，
给了我狂勇；
而英雄的斯巴达克啊，
给我以热情。
我爱美，
我需要姑娘的柔情来抚慰我狂躁的心。
暴风掀不掉的爱，
清溪流不完的情，
我要深深地向你——心中的女神致敬！

1971 年 1 月

黑眼睛的姑娘

啊，黑眼睛的姑娘，
在异乡的土地上，
你倚立在门旁，
对我久久地深情凝望。

啊，那深邃热情的目光，
像电一样触动了我的心弦，
像烛火一样照亮了我的心房。
我从此无意名园的牡丹，
却尽情吮吸草原野花的芬芳。

啊，那双美丽乌黑的眼睛，

那像一汪秋水般的大眼睛，
那永远使我激动、使我向往的眼睛，
那使我热狂、使我悲伤的眼睛，
给我以幸福，
给我以力量！

黑眼睛的姑娘，
你倚立在门旁，
像一枝莲花刚升出水面。
你的微翘的嘴唇，
饱含着多少柔情；
你少女的青春的脸上，
充满着多少幻想；
你衣饰并不华丽，
却使你显得清丽端庄。

姑娘啊，
我知道，
人生有时只能相望却不能相接，
你的俊俏的倩影，
将永远留在我的心上！

1973 年 1 月 17 日

静美的晚上

——仿《莫斯科郊外的晚上》

美丽的姑娘，你在何方？
为什么听不见你的深情歌唱，
你是多么好，
令人心神往，

在这静美的晚上。

年轻的小伙子围在你身旁，
谁都想把你来爱上，
但你告诉我，
这一群青年，
只有我才是你未来的侣伴。

美丽的姑娘与我默默地前行，
柳枝轻轻地拂在我们身上。
柳荫下，你柔声讲，
你我永不忘，
不管海角天边。

月色皎皎，柳影也依恋，
姑娘的爱抚慰着我的心房，
她紧紧靠着我，什么也不讲，
就像星儿伴着月亮。

月色依旧，心上人不见，
失去了你，我是多么忧伤！
但愿从今后，
你我永不忘，
这柳影月下的情意绵绵！

1973 年 5 月

山鹰和海鸥的爱情

在一座陡峭的山崖上，
兀立着一只褐色的山鹰，

他时而凌空翱翔，
时而搏击青云。
有一天他振翅高举，
看见远方大海的浪尖上，
掠过一只矫健的海鸥。
她活泼的身影，
衬着洁白的衣装，
她纯净的眸子在深情地顾盼，
她对着山鹰嫣然一笑呵，
从此，她的倩影深深地印在了山鹰的心坎上，
从此，山鹰暗暗地忧郁啊，
两眼凝望着大海的上空，
静静地伫立着，
深深地把心爱的人儿——海鸥想往。

山鹰想，
我虽然有着雄劲的翅膀，
但我丑陋不会唱歌，
我没有鹦鹉那样的巧嘴利舌和引人发笑的语言，
海鸥是那么漂亮，
我怎样才能博得她的喜欢？

海鸥想，
山鹰呵，他有着多么崇高的理想，
尽管他有时飞得比鸡还低，
但是鸡却永远飞不到他那么的高远！
我的柔弱的身子，
怎样才能跟得上他的飞翔？

山鹰想，

我虽然到过许多名山大川，
但我是个地道的山里人，
我的巢筑在高高的悬崖上，
海鸥啊，
她见过四海的波浪，
她的胸怀是那么的宽广，
我去向她求爱，
会不会落得人们的嘲笑?
海鸥跟着我，
岂不要遭受过多的磨难?

海鸥想，
山鹰是一位多么英俊有为的青年，
我爱他，
不能连累他遭受暴风雨洗刷的磨难，
但怎样才能表明我的心迹，
我怕羞难以启齿啊，
更怕那些小鱼小虾们叽叽喳喳的恶毒的语言。

两只多情的鸟儿，
心中充满着炽热的激情，
可是他们都沉默呵，
没有大声倾诉出对心上人的热切想往。

也许有一天，
在蓝天和碧水之间，
我们会看见他们比翼双飞。
也许他们深沉的爱，
只会在山呼海啸之间，
悄悄地埋葬。

1976 年 11 月

星

——致绮华君

美丽的天使，我的星，
升起来了，升起来了，
升起在四年前的初春。
那时，你质朴，
没有华丽的衣饰，
却散发着无比的温馨。

啊，我的星，
用什么来形容你的面容，
是一轮皎洁的圆月，
是一朵初绽的芙蓉。
感动了我啊，
一只辛劳的蜜蜂！

啊，我的星，
最美丽要数你那双会说话的眼睛，
它晶莹，像秋水般清澈，
它比宝石更动人。
你那多情的顾盼，
摄住了我的灵魂；
你那妩媚的眼神，
给了我力量和勇气，
给了我战斗的激情！

啊，我的星，
为什么我眼前总呈现你的倩影？

颀长，苗条，
像一株带露的海棠啊，
玉立亭亭。
你的皮肤是那么的白皙，
你的步履是这样的轻盈，
你的心灵啊，
像水一般纯净，
你那朗朗的笑声啊，
像一串清脆的响铃，
是这样富于感染力，
抚慰着痛苦人的心！

啊，我的星，
你好学、积极、上进，
你聪慧、文雅、沉静；
你灼灼迸射着光辉，
像一颗启明的晨星！

啊，我的星，
可惜我不是诗人，
我不能用最美丽的语言把你赞颂。
也许啊，
我真挚的友谊，
能分担你痛苦和不幸；
也许啊，
我雄浑的歌声，
能驱除你心中的愁闷。
我将用大海般深沉的热爱，
用火山爆发般的激情，
大声地呼唤着：

我的星！
我的心！

1979 年 1 月

爱情的价值

——致少男少女

偶尔打开报纸，
看到一则消息，
某地男子娶妻的一般价格，
要四千元的钞票，
并且还有上升的苗苗。
我看后不禁失声大笑，
跟着，又陷入了严峻的思考：
人的价值，
爱情的价值，
在二十世纪八十年代的今天，
为什么被弄得如此的颠倒？

当人类从茹毛饮血、刀耕火种
直立起身子走来，
到今天开始电子化、原子化的马拉松赛跑，
月下老人的红线啊，
你该怎样抛？
丘比特的神矢啊，
你该怎样射中恋人的心窍？
我也想起了伟大的莎士比亚的激情的话语：
人啊，
是一件多么了不起的杰作！
多么优美的姿态，

多么高雅的仪表，
宇宙的精华，
万物的灵长，
一双富于创造的灵巧的手，
还有睿智、深邃、聪明的大脑，
更是无可比拟的无价之宝！

爱情，
绝不是金钱、地位和门第的结合。
这里，有着理想的追求，
意气的相投，
心灵的倾慕，
还有感情的融洽。
黄金在这儿变成了粪土，
珍宝在这儿相形见绌。
真正的爱情，
那是什么东西也难以买到！
有人对爱情标出了四千元的价格，
有人把相爱的条件，
看作收音机、电视机、电冰箱、自行车和手表，
还有钻戒、金项链加上豪华的酒宴，
否则，
要她嫁给你吧，
那可办不到！
如果把爱情当成了商品的交易，
这是何等的庸俗、浅薄和无聊！

如花似玉的少女哦，
如果这儿有一位又老又丑的富翁，
你想不想？

如果这儿有一位门第高贵、行为浅鄙的男子，
你爱不爱？
如果这儿有一位衣冠楚楚、腹内空空的花花公子，
你要不要？
爱钱的，
去嫁给老富翁吧，
爱地位的，
去嫁给高门槛吧，
爱外表的，
去嫁给金苍蝇吧！
金钱可以带来舒适、快乐，
可是却不能替代患难与共。
地位可以使人荣华富贵，
可是否经得起风雨的洗刷和苦难的击敲？
还有，假如在华丽衣饰里包裹着一个肮脏的灵魂，
就好比一株好看的毒蕈腐草！

一个现代的青年，
应该懂得，
品格才是人身上散发馨香的花朵，
理想才是一个人永葆青春的甘露，
鸟美在羽毛，
人美在知识。
朋友，你将怎样选择自己的人生伴侣？

可爱的青年男女，
在你们谈婚论嫁的时候，
你们可曾想过你们的父母？
他们含辛茹苦地把你们养大，
你们怎忍心，

让他们在昂贵的彩礼面前，
又像牛一样背上沉沉的重轭？
为了一时的虚荣、排场和享乐，
你们大手大脚地，
把你们父母的血汗挥霍？
还有，
少男少女们，
你们怎样理解你们结合后的新生活？
它到底是生活的开始？
还是生活的终结？
你们是想一劳永逸地过日子，
还是应该勇敢地去创造开拓？

可爱的少男少女，
你们一定听说过马克思、燕妮的动人爱情；
你们也一定听说过陈铁军与恋人在刑场上的悲壮结合；
你们也一定听说过牛郎织女的美丽传说；
你们也一定知道梁祝相爱化作了飞蝶；
难道这些故事还不算深刻！

可爱的少男少女，
当你们在花前月下相约，
当你们穿着牛仔裤、迷你裙，跳着迪斯科，
当你们像喝着甘醇的美酒一样接吻、拥抱，
请问——
你们在想些什么？

1981 年 3 月

你·灵芝美玉

你是
草莽之灵芝，
石中之美玉，
海底之珍珠，
鸟中之凤凰，
啊，
你是我的爱人，
你嵌在我的心上。

1986 年 7 月

星星索

世界上有这样一颗星，
她温柔，
脸上洋溢着明媚的春天般的笑容，
呵，她是我的爱人。

世界上有这样一颗星，
她一出现，
就如火炬照亮了夜空，
使我眼前呈现无限的光明，
呵，她是我的爱人。

世界上有这样一种星，
她熠熠闪光，
犹如宝石一样镶嵌在天空，
哦，她是我美丽的爱人。

世界上有这样一种星，
它深邃，明净，脉脉含情，
有如一潭清澈碧绿的春水，
哦，它是我爱人的眼睛。

哦，
我的爱人，
她的肌肤像雪一般的白皙，
她的脸庞像初放的花蕾给人以温馨，
她的心像冬日的炉火一样给人以热情，
她健美、丰满，
胜过断臂的维纳斯，
她的倩影，
系住了我的心。

我的爱人，
沉思中两眼闪着聪慧的光芒，
时而脸上流露着梦幻般的憧憬，
她身上有着一股求知的向上的韧劲，
漫漫的人生之途啊，
她给我以前进的力量和奋斗的激情！

1986 年 7 月 10 日

望

望着我，
望着我。
我打开了心灵的窗户，
因此不要说，

不用写。
你我相爱，
不是用口，用笔，
而是用眼，
用心。

1986 年 8 月

远方

——致小琼

当我离开冰冷的月亮，
奔向温暖的太阳，
当我从月儿的阴影下走出，
来到春光明媚、鸟语花香的地方，
朋友，
你会怎样想？
难道，
你会认为我冲出黑暗寻找光明不应当？

1987 年 8 月 19 日

少女的心

她，
像一枝红梅在园角悄悄绽放；
她的心，
像一汪湖水明镜般的平静。
突然，
一页彩色的信笺，
从天边翩翩地飞来，
有如鸟儿惊落了几片花瓣，

有如一石激起了阵阵涟漪，
一下子扰乱了她恬静的心境。
好像一夜之间长高了几寸，
好像一时之间成熟了几分，
从此沉思代替了少女甜甜的笑声，
白皙的脸上飘上两朵害羞的红云。
她的欣喜中也含有些许忧虑，
她不得不开始庄严地思考着前途、人生。
从此她纯净的眸子在做着春天的梦，
从此她的情愫像水一样柔和，
像酒一样香醇。
她在心底栽下了一棵相思树，
希冀在秋天结出一颗颗红玛瑙般的相思子，
然后将这凝结着自己心血的果实，
装进淡蓝的信封，寄向远方。
从此她弹着爱的弦，
织着情的网，
她在心里默默地祝愿，
盼望自己变成一只白色的天鹅，
与心爱的人结伴，
翱翔在蔚蓝的辽阔的天空上。

1987 年 11 月

你 · 梦中情人

读你，像读一首抒情的诗，
听你，像听一支甜美的歌，
你眼里蕴含着温馨的梦，
心里流淌着甘甜的蜜，
嘴上绽开着嫣红的花，

身上散发着芬芳的气，
你是娇妍的春花，
明朗的秋月，
晶莹的朝露，
洁白的初雪，
你是我梦中的情人，
朦胧的深挚的爱！

1995 年秋

梦之船

船儿哟，在水中轻轻飘荡；
水中哟，有一个圆圆的月亮；
远山哟，在酣梦中甜甜沉睡；
心儿哟，在寻找停靠的港湾。

船儿哟，推开水中碧绿的波浪；
桨儿哟，划碎水中圆圆的月亮；
水波哟，漾漾的像一缸醇酒；
心上人哟，你究竟在什么地方？

月儿哟，落在了青黛的西山；
曙光哟，撒播在广袤的大地上；
太阳哟，你给万物带来了希望；
鸟儿哟，在枝头快乐地歌唱。

田野哟，送来一阵阵浓浓的花香；
河岸哟，飘过一抹耀眼的红衫；
她的两眼哟，脉脉含情又大又亮，
莫非哟，她就是我要寻找的新娘？

2005 年 5 月 15 日

我的爱人

我的爱人，
我是水，
你就是我的山；
我是地，
你就是我的天；
我是月亮，
你就是我的太阳。

我能给予你的，
是我的似水柔情，
是我的宽广胸怀，
是我的温柔目光。

哦，我的爱人，
我的山，
我的太阳，
我的天。
请用我甘甜的乳汁滋润你干渴的喉咙，
请用我的柔情抚平你心底的创伤，
请在我温暖柔软的怀中，
静静地入眠。

2005 年 5 月 23 日

心之语

啊，我的恋人，
你是我的心，

你是我的梦。
因为你，
我沉睡的爱苏醒了；
因为你，
我生命的火又重新被点燃了。

啊，我的爱人，
你是我的太阳。
没有你，
我的世界只有黑夜。
你是我的火，
你是我的剑。
没有你，
我的青春失去了光彩；
没有你，
我的生命失去了灿烂！

2006 年 9 月 19 日

爱情是什么

爱情是什么？
爱情是一种怦然心动的感觉，
爱情是一种甜蜜的滋味。

爱情是什么？
爱情是两颗心碰撞出的火花，
爱情是两双眼睛对视形成的深不可测的情感之潭。

爱情是什么？
爱情是被对方吸引从身体到灵魂产生的倾慕和愉悦，

爱情是一日不见如隔三秋的思念。

爱情是什么？
爱情是一朵花，
它只为一个人开放。

爱情是什么？
爱情是一座独木桥，
它只许一个人过去。

爱情是什么？
爱情是一种承诺，
它叫你守身如玉。

爱情是什么？
爱情是一种责任，
它叫你为之付出，
答应了，就要厮守到老。

让我们为相爱的人祝福吧！
珍惜每一刻花前月下，
珍惜每一个黄昏清早！

2006 年 9 月 24 日

无果花与无花果

有一种花是无果花，
白天开花，
看上去嫣红，娇艳欲滴，
可一到晚上，

它就谢了，
它就是美人蕉。

有一种果是无花果，
它默默地生在地下，
从不喧哗，
从不埋怨，
它甘甜、香美，
可从没见过它有美丽的花，
它就是红薯。

你知道吧？
有一种人的爱情，
就像无果花，
尽管它开得美丽灿烂，
可一经风雨，
它即刻凋谢。

有一种人的爱情，
就像无花果，
尽管它没有灿烂炫目的花，
可是它却果实累累，
给人以喜悦，
给人以惊讶！

2006 年 9 月 25 日

我的恋人

——赠小 Li

啊，我的恋人，
当你干渴的时候，
我会奉上甘露；
当你饥饿的时候，
我会奉上美食；
当你郁闷的时候，
我会用心抚慰着你；
当你困苦无助的时候，
我会伸出双手来帮助你；
当你需要爱的时候，
我会用一生等待着你。

2006 年 10 月 2 日

哦，女孩

——赠小李

哦，女孩，
你像一条美人鱼，
悄悄游进了我的生命之海。

哦，女孩，
你是沙漠中的一片绿洲，
你是炉膛里的一块干柴，
你是夜空中的一颗明星，
你是一颗钻石迸放着异彩。

哦，女孩，
你热情如火，
你柔情似水，
你是雪地里的一朵雪莲花，
你是快乐的天使，
为我奉上深挚的爱。

2007 年 1 月 22 日

思念

你的突然离去，
带走了我的心。
我空虚又落寞。
饱尝了相思的滋味。
仿佛草已枯萎，
仿佛花已凋零，
仿佛日月失去了光芒，
仿佛生活失去了重心。
仿佛漫天飘洒着相思雨。

忽而天边传来你的声音，
欣喜立刻填满了我的心胸。
我又恢复了生活的热情，
我感到充实有力，
眼前一片光明。

2007 年 3 月 31 日

红尘慢

道不尽相思血泪洒红豆，
看不够风花雪月伤满楼。
恰好似遮不断的青山隐隐，
流不断的绿水悠悠。
几多红叶诗，
几多海盟词，
几多黄昏恋，
几多明月誓，
几多欢娱，
几多哀愁，
佳人今何在，
唯余空红楼！

2007 年 5 月 13 日

相思雨

如粉如絮，
轻轻柔柔，
这是恋人心田的相思雨；
如发如丝，
飘飘逸逸，
这是恋人的美丽的倩影；
月季带雨，
娇艳欲滴，
这是恋人离别时眼里的泪珠；
芳草萋萋，
柳条依依，

这是恋人的深挚的情意；
月色皎皎，
星光蒙蒙，
这是恋人的等待与希冀。

2007 年 5 月

夜精灵

夜幕刚一降临，
你就翩翩地飞翔。
你张开薄纱的翅膀，
你呈现迷人的笑靥，
你热烈而大胆，
你性感而疯狂，
你是雅典娜派来的天使，
你把爱和快乐撒满人间。

2007 年 5 月

迷途的羔羊

你是一只迷途的羔羊，
你找不到草原的方向。
你可知那大草原呵，
湖水是那么清澈，
草儿是那么丰美，
花儿是那么幽香。
可是你却在深山里转圈，
你贪恋那芒果的金黄，
你迷醉那野花的芳香，
你丧失了自我，

一味为那身外之物奔忙。

哦，
我的小羔羊，
快快回到大草原，
那儿才是你的故乡。
那儿充满自由，
那儿充满快乐，
那儿充满爱的甘甜。

2007 年 6 月

致恋人

——给小李

啊，我的恋人，
你是一首百读不厌的诗，
你是一杯越品越醇的酒，
你是一朵越闻越香的花，
你是一幅越赏越美的画。

啊，我的恋人，
你是我静静的湖，
你是我熊熊的火，
你是我亮亮的星，
你是我皎皎的月。

啊，我的恋人，
你是我深深的伤，
你是我隐隐的痛，
你是我幽幽的情，

你是我沉沉的爱。

啊，我的恋人，
你是我追求的唯一，
你是我生活的全部，
你是我生命的结，
你是我心中的梦！

2007 年 12 月 8 日

爱之鸟

爱之鸟，
白昼，
你安详地栖息在树林。
夜幕降临，
你开始翩翩飞翔，
寻找心之港湾。

你彻夜地歌唱，
嗓子沁出了血丝；
你舞影婆娑，
是为爱癫狂？

爱之鸟，
你是美丽的百灵，
你是痴情的杜鹃。
你的倩影，
有如皎皎的明月，
高高地浮游在天宇之间。

2008 年 9 月 21 日

给爱人

啊，我的爱人，
你可知道，
黑夜中，
有一双眼睛在深情地望着你；
海之岸，
有一个人在默默地等待着你。

当你跌倒时，
有一双手会伸出来，
搀扶着你；
当你迷路时，
有一个人会点亮一盏灯，
指引着你。

2009 年 6 月 16 日

爱情的味道

爱情的味道，
眼睛像盈盈的秋水，
脸蛋红得像芍药。

爱情的味道，
声音像清风在歌唱，
身体像绽放的棉桃。

爱情的味道，
感觉像蜜般的甘甜，

笑容像花般的美好。

2009 年 10 月

女神

是谁使你怦然心动?
是谁使你心醉神迷?
啊,是你,
东边天上的启明星,
沐浴朝露的月季花蕊,
朗空中皎洁的圆月,
冰雕玉琢般的维纳斯女神。

2012 年 5 月

月光美人

——致小英

你,
月光下的美人,
宛如披一袭乳一般洁白的轻纱,
楚楚动人。

你,
着一件粉红的衣裙,
仿佛睡莲花在静静的水面张开了笑靥,
风姿诱人。

你,
花一般的容颜,
像月季在晨曦中轻轻地绽放,

娇艳迷人。

你，
雪一般的肌肤，
像一尊精致的白玉雕像，
玉立亭亭。

你，
清清湖水中自由的鱼儿，
谁伴你嬉戏？
谁伴你游泳？

你，
蓝空中高傲的鸟儿，
谁伴你飞翔？
谁伴你搏击？

你，
江海中扬帆的小艇，
谁伴你劈浪？
谁伴你远行？

你，
稀世的佳人，
谁是你心中的渴求？
你愿与谁厮守相拥？

你，
是否看到，
有一位孤独的旅人，

与你惺惺相惜，
愿与你相依相偎，
走完充满诗意的一生！

2012 年 5 月 16 日

月光恋人

在一片融融的月色下，
你向我姗姗地走来，
天上的星星隐退了光芒，
路边的野花格外的芬芳。

看得见湖水闪着粼粼的波光，
看得见你的衣裙在轻轻地飘荡，
听不见你怦怦的心跳，
但能见你眼里泛着点点的泪光，
从月升到月落，
你和我依偎在一起。
直到远村雄鸡高唱。

你将离去，
两情依依，
你我盟誓，
永不分离！

2015 年 5 月

苔丝吉檀

读了泰戈尔的《苔丝吉檀》，
我的心震颤了，

泪水也溢满了我的双眼。
是罪恶的种姓制度，
吞噬了一对相爱的年轻人的幸福。
我仿佛看见，
一双愚蠢的亲人的手，
把美丽的苔丝吉檀投入火中，
大火烧坏了苔丝吉檀花一样俊俏的脸。
苔丝吉檀眼中含泪，
心底流血，
从此，无论是白天还是黑夜，
苔丝吉檀总是用纱巾包裹着脸，
从此，人们再也见不到她花一样的容颜。
历尽千辛万苦，一对热恋的情人终于结合了，
可是达卡不明白，
为什么自己的心上人总是裹着纱巾？
为什么她不愿意露出自己美丽的脸庞？
一个月色皎洁的晚上，
苔丝吉檀睡熟了，
在巨大的好奇心的驱使下，
达卡揭开了苔丝吉檀的纱巾，
在清冷的月光下，
达卡看见了苔丝吉檀被大火焚坏了的脸庞，
他这才明白自己的爱人遭受了如此巨大的不幸。
第二天早晨醒来，
苔丝吉檀不见了，
达卡这才意识到自己的粗鲁和愚蠢。
他为失去了自己心爱的人儿深深悔恨和悲伤，
他开始四处流浪去寻找自己的爱人。
哦，苔丝吉檀，
我相信在达卡的心中，

你仍然像断臂的维纳斯一样美丽；
哦，苔丝吉檀，
你回来吧，
我相信达卡将用深挚的爱，
去抚平你心灵的伤口和不幸！

让我们为相爱的人祝福吧，
珍惜与爱人相守的每一个花前月下，
也与爱人共同面对生活中的辛苦和磨难！
让我们为不幸的爱情呐喊和抗争吧，
伸出你的手帮助那些相爱的少男少女，
抚慰他们因爱而受伤的心灵！

2017 年 9 月

3．景物诗

蜡梅的话

我在常时，只有平凡的清枝，
我从不喧哗呵，
冷落地不愿招惹世人的眼目。
绿衣脱尽了，
我只剩下棱棱的瘦骨，
突兀地伸向天之深处，
世人远远地避开我铁样的头皮。

百花都纷纷地凋谢了，
我却盛开得那么烂漫。
我用生命的血喷在自己的脸上，
我把芬芳的馨香飘送远方。
恶虫们狠狠地扑向我的身旁，
去吧，虫豸们，
不要用你的脏嘴，
来玷污我的心灵。
我宁愿用我的清影，
伴着洁净的风雪冰霜，
迎接那春天的艳阳。

1973 年

湖居吟

一

朝迎旭日，
夕送晚霞，
饱览湖光山色。
冬飘瑞雪，
春垂柳丝，
四季风景如画。

二

湖虽小，
乃可吞吐日月。
室虽陋，
尚有馨德长存。

三

家无良田结金谷，
徒空四壁生书香。

1995 年 2 月

刺蓬花

在我的园中，
园坝上长着一丛丛绿绿的刺蓬，
开着一朵朵小小的花，
惹得一只只蜜蜂围着她们嗡嗡地唱。
这些小花，带着晶莹的露，
张开着粉红的脸，

散发出清新的芬芳。
啊，刺蓬花，
你身上的刺，
使人们只可观赏你的芳姿，
吮吸你的香气，
却不敢贸然采摘，
尽管在花园、在花坛难见到你的影子，
可在园坝、在山野，
你却迸发出异样的芳华！

2000 年 4 月

湖城之歌

在鄱阳湖之滨，
有一座美丽的城市，
湖泊星罗棋布，
港汊交错纵横，
昌江飘然如带，
湖如明眸新镜。
鄱阳，中国湖城，
湖里鱼肥虾美，
湖滨候鸟如云，
湖岸山冈青青，
田野稻香阵阵，
啊，鄱阳，
候鸟的天堂，
我可爱的家乡！
啊，鄱阳，中国湖城，
高楼鳞次栉比，
公路车水马龙，

先贤罗列如星，
后俊各自发奋，
天上艳阳正好，
前程锦绣辉煌！

2008 年 5 月

咏广州塔

你，
宛如一位风姿绰约的美人，
伫立在海心沙上。
你，头顶湛湛的蓝天，
手抚飘浮的白云，
脚踏珠江的碧波，
俯视芸芸的众生。
白昼，
遥望你通体银白，
犹如一尊精美的玉雕；
入夜，
你五彩斑斓，
犹如身着美丽霓裳的仙女，
舞姿翩翩，
浑身迸射着钻石般的光芒。
你纤细的腰身，曲婉有致，
迷醉了多少世人！
你风采奕奕，玉立亭亭，倾倒了多少游客骚人！
小蛮腰，
这是人们对你的昵称。
啊，广州塔，
你是一尊不朽的杰作，

你是一道靓丽的风景。
你是美的化身，
你为美丽的花城，
增添了无尽的风韵！

2015 年 7 月 18 日

缺臂的维纳斯雕像

你一出土，
你的美就征服了世人。
有人把你看作出浴的美人，
有人把你看作自由的女神，
而我却视你为欧罗巴女性美的化身。
你的脸庞那么俊俏，
你的头发卷曲金黄，
你的皮肤那么光洁白皙，
你的胸脯那么丰腴坚挺，
你的手臂柔软而舒曼，
你的神态安详而平静。

啊，维纳斯，
美与爱的女神，
尽管你失去了一条手臂，
然而你的风姿依然是那么楚楚动人，
依然是那么美轮美奂！

2016 年 1 月 6 日

咏米开朗琪罗的《大卫》雕像

你，
相貌英俊，

头发卷曲金黄，
两眼炯炯有神，凝视远方。
你，
胸肌臂肌凸突，
身体结实，
强壮有力。
你的手紧握一块石头，
如箭在弦。
可以想见，
你手中的石头一经脱手，
将有如电光，
在天空划成一道长长的弧线，
砸向敌人的胸膛。
啊，在我眼里，
大卫，你是一位真正的西方男子，
你是力量、健康和美的象征！

2016 年 1 月 6 日

游览深圳世界之窗

我是一个热爱旅行追求美景的年轻人，
我来到埃及去欣赏古埃及的文明，
在黄沙漫天的荒原上，
我看见在夕阳映照下的雄伟的金字塔，
它高耸着，
像一座宏大的巍巍的山峰，
每一块巨石都镶嵌得天衣无缝，
体现了古代建筑师高超的建筑水平，
塔前巨大的狮身人面的塑像，
无与伦比，威风凛凛，

我见过塔内的木乃伊和国王金光闪闪的王冠，
可笑的法老啊，
还在幻想复活，
来生继续享受华丽奢侈的人生。

我来到了罗马圆形的斗兽场，
仿佛看见了奴隶们手握利刃与狮子搏斗的身影，
那么残酷、那么血腥，
不是人死，
就是兽亡，
而那些贵族们却在若无其事地欣赏、笑谈，
难怪斯巴达克高举着起义的利剑，
和罪恶的奴隶制进行铁与血的抗争！

我走到希腊雅典娜神庙，
见到了美丽的雅典娜，
啊，爱与美的女神，
你将美与爱赐给多少少男少女。

我登上高高的埃菲尔铁塔，
穿过雄伟的凯旋门，
瞻仰了举世闻名的比萨斜塔，
又来到风光旖旎的威尼斯水城，
威尼斯城坐落在碧波荡漾的海水中，
小船轻轻地飘荡，
小艇自由地来往，
那儿的建筑古色古香，
屋檐上的塑像栩栩如生、美轮美奂。

我又来到河蚌造型的悉尼歌剧院，

仿佛听见了音乐厅中优雅的演唱，
美妙的歌声，
萦绕在海天之上。
返身我来到印度，
见到了洁白的泰姬陵，
清清的池水映照着泰姬陵美丽的倒影。
月亮升起来了，
无数少男少女坐在幽静美丽的水池边说笑谈情，
这是一幅多么幽雅安宁的图景！

我参观了林肯碑，
瞻仰了总统山，
远远欣赏了屹立在海边的自由女神的塑像，
她，有如一座灯塔，
闪耀着民主、自由的光芒！

长途的跋涉，
尽管身觉疲惫，
但我依然兴趣盎然，
终于到达尼亚加拉大瀑布边上，
壮阔的瀑水仿佛从天而降，
落入潭中，发出轰天的巨响，
那气势有如千军万马不可阻挡，
弥漫的水雾，沁人心脾，
潭中的水，清澈异常，
我不禁想脱掉衣裳，
畅游一番！

我穿过非洲的大森林，
徜徉在欧洲的风情街，

返身回到亚洲的土地上，
柬埔寨的寺庙，
泰国曼谷的繁华，
使人流连忘返。
当我回到祖国土地上，
登上雄伟壮丽的万里长城，
我顿时觉得祖国和世界都有着无数美好的风光！

2016 年 4 月 25 日

飞鸟·春风·种子

我是飞鸟口中衔着的一颗桑葚，
随着它飞过平原，飞过河流，
最后坠落在一座高高的山顶，
在山顶的崖缝中，
我萌出了一棵小小的新芽，
几年过去了，
我立在山顶上亭亭地迎着清风，
我看见了山脚下的田野、村庄，一汪碧水。
那里的风光是那么的美丽迷人。

我是一星轻柔的柳絮，
春风将我和我的兄弟姐妹吹向一片河滩，
我们轻轻地落在河滩的黑土上，
不几天就萌出了无数点嫩绿的小苗，
我们长啊长啊，
数年后长成一片浓绿的柳林。

感谢你啊，飞鸟，
感谢你啊，春风，

没有你们，
怎么会有我们如此鲜活的生命！
没有你们，
怎么会看到如此美丽的风景！

2016 年 9 月 3 日

无果花

在万紫千红的花海中，
有一种花是无果花。
和其他花一样，
它开得是那么灿烂，
那么浪漫，
惹得蜜蜂尽情地吮吸花汁，
然后它悄悄地无声地陨落。
尽管它没有留下果实，
却心无遗憾，
因为它的汁酿出的花蜜同样也香甜了人间！

2017 年 2 月 10 日

4．给孩子们的诗

生活中的宝藏和快乐

我们生长在祖国温暖的怀抱
生活里有无尽的宝藏，
你看我们的教室明亮宽敞，
我们的老师循循善诱，
我们的同学团结友爱，
一同畅游在知识的海洋。

我们生长在祖国温暖的怀抱，
生活是多么的快乐，
春天，我们去观赏大自然美丽的风光，
秋天，我们去游览田野里金色的稻浪；
下课了，我们唱歌、跳舞、做游戏，
节日中，处处有我们青春的舞伴！

2003 年 12 月 18 日

给四月的春雨

——孩子们说给春雨的话

春雨姐姐，你来了，
你滋润了大地，
催出了小苗，

催绿了柳树，
催开了桃花。

小溪潺潺唱着欢歌，
小鸭在湖面扇着翅膀掠起浪花，
我们在你的丝网下漫步，
扬起脸蛋亲吻你温柔的唇，
你的笑靥变成了两朵美艳的花。

牧场上牛羊在甜甜地啃着牧草，
池塘里鱼儿在畅快地游玩，
山青了，
水绿了，
大自然更美了。

你听，
旗子笑了，
垂柳笑了，
青蛙叫了，
小燕子垒窝了，
小狗狗跳跃了。

啊，春雨姐姐，
你给四月带来了快乐和生机，
你给大地带来了希望和活力，
你预示了夏天沉甸甸的谷子，
你预示了秋天红彤彤的苹果和黄澄澄的梨，
你预报了辛勤劳动换来的丰收和喜悦！

2006 年 12 月

咏四季

春花红烂漫，
夏阳如火燃。
金秋果累累，
冬雪白茫茫。

2009 年 10 月

打麦歌

噼噼啪，噼噼啪，
大家来打麦，
麦子壮，麦子黄，
磨面做馍馍，
馍馍香，馍馍甜，
吃了馍馍进学堂，
吃馍不忘种地苦，
从小就要爱惜粮。

2016 年 3 月

缝衣歌

一针针，一线线，
妈妈灯下缝衣忙。
妈妈缝衣多辛苦，
我穿衣裳要爱惜。

2016 年 3 月

小鸭鸭

小鸭鸭，呷呷呷。
摇头摆尾下湖汊，
湖有螺蛳和蚌壳，
还有小鱼和小虾。
你看菱叶铺满湖，
还有莲叶和荷花。
小鸭长得肥又壮，
扇扇翅膀长大了。

2017 年 3 月

春之歌

春天回，
燕子归。
柳条绿，
鸭戏水。

2017 年 6 月

晨曲

月亮尚在天，
鸟儿叫连连，
东方现曙光，
牛羊要出栏。

2017 年 7 月

夜曲

夜幕降临，
鸟儿归巢，
牛羊归栏，
小孩回家。

2017 年 10 月

萤火虫

萤火虫，萤火虫，
提着一个小灯笼。
飞到西来飞到东，
点亮娃娃心中梦。

2017 年

月亮谣（忆辑）

月月光，照四方，
照得邻家姐姐洗衣裳。
洗得白，晒得黄，
保护哥哥进学堂。
学堂馆，笔管筒。
搁莲蓬，
莲蓬叶，加火叶，
火叶飞，加野鸡，
野鸡叫，加黄狗，
黄狗黄狗你替我看着家，
三个媒人到我家，

媒人媒人你做什么？
帮我小妹说人家，
我家小妹十八岁，
如何舍得把人家？

2017 年

5. 感怀诗

戏咏

我来自大上海，
浑浑噩噩四年在某大。
尽管我学得不咋的，
可小庙的菩萨，
大庙的鬼怪，
也谈不上屈才不屈才。
你知俺底细不烧香，
可还有多少人对俺顶礼膜拜。
奉承话满耳，
抬轿者成排，
还有香的、辣的，
真是好不快哉！

1987 年

偶成

我，飘洒着南疆雨，
劲吹着南国风，
鼓荡着南海潮，
踢踏着北疆雪，
呼唤着中国龙。

我，披肝沥胆，
满腔热血，
辛勤耕耘，
播种下土，
挥洒汗水，
祈求收获。
终于，我看见春苗成行，
夏花烂漫，
秋果累累，
我的脸上，露出了欣慰的笑颜！

1992 年 10 月 20 日

书前语

茫茫中原大地，
巍巍泰山，
滔滔黄河，
山河壮丽。
上下五千年历史，
秦皇汉武，
唐宗宋祖，
演绎了多少激越悲壮的剧目。
中华民族啊，
有如一条巨龙，
有如一匹雄狮，
几多英雄，
几多故事，
几多传说！

1999 年

读史有感

登坛拜将，
黄金万两，
闹嚷嚷，
你方唱罢我上场，
恰便是一枕黄粱再现。

鱼龙俱下，
奸雄争立，
风雷急，
你有虎狼我有民，
正一如三国演义重演。

1999 年

读书知味

读书在于知味，
并非每个人都能读书，
书只钟情于与它有缘的人！
书只倾情于爱它的人！

2003 年

有感于戊戌变法

啊，戊戌变法，
你是一颗划破黑暗夜空的流星，
你是一曲变法图强的悲歌，
你是中原沃土上，

一朵最为殷红的血花！

2003 年

偶感·读书难

读书难，
读书难，
会者只是宝塔尖，
塔身塔基何由得？
倘使没有一般郎，
哪来三教九流、士农工商？

2006 年 6 月 14 日

星座

每颗星都有一定的位置，
离开了这个位置，
它便成了流星。

每个游戏都有一定的规则，
违背了这个规则，
它便成了泡沫。

但我不管什么位置和规则，
我是一匹独往独来的天马，
哪怕摔成流星和泡沫。

流星划过夜空发出耀眼的亮光，
泡沫破灭前迸射着炫目的色彩，

我呢，宁愿追求这片刻的灿烂和辉煌！

2006 年 9 月 23 日

桂冠

你，
翻云覆雨的手，
游走边缘的脚，
势如悬河的口。

你，
网孔穿梭的鱼，
进出自由的鸟，
吞噬钱财的兜。

死的，说成不活，
生的，说成残留，
黑的，说成不白，
圆的扁的可以胡诌。

白的反面是黑，
光明的反面是黑暗，
正义的反面是邪恶，
桂冠的底下也许是铜臭。

真理之剑高悬，
法律明镜如鉴，
它检测好与坏，
真与假，

美与丑，
面对道德、良心、尊严，
朋友，你该怎么走？

2016 年 1 月 10 日

有感于萨德入韩

美国的萨德反导系统，
不顾世人的反对，
悍然入韩布阵，
使东亚的天空一时布满战云。
炫耀武力，
军备竞赛，
只能使战争的危机步步升级。
而玩火者必将自焚，
这是历史的规律，
也是战争的教训！

2017 年 6 月

偶感·泰山长江

是泰山，难遮其高。
是长江，难阻其流。
是金子，难掩其光。
是人才，难阻其出。

2017 年 7 月

偶感·美喉与勇力

若有美喉须放歌，
若有勇力须击敌。
劝君莫负少年时，
春光漾漾好读书。

2016 年 9 月

自尊和自卑

自尊和自卑是孪生兄弟，
自尊的另一面是自卑。
正像真实的反面是虚伪，
高贵的反面是低微。
就算是快乐天使吧，
你可知道它的另一面，
蕴含着几多心酸之泪？

2006 年 9 月 26 日

流星与无果花

明知道会陨落，
却还要从天空一划而过，
为的是那一道亮光。

明知道不会结果，
却还是努力地开花，
为的是那一时的灿烂。

世上多少事，
有时千百次的付出，
都是为了那一次的机会。
人的奋斗，
又何尝不是如此！

2011 年 10 月 18 日

偶感·惜

磨墨成池，
惜墨如金，
惜纸如银，
惜时如命。

2011 年

权力和金钱

一边是金钱向权力献媚，
一边是权力充当金钱的奴婢。
美酒、宴席、鲜花是他们结交的介质，
官帽、土地、名利是他给予伊的赠礼！
权力和金钱的游戏，
结局是枷锁和监狱。
人们啊，你可知道：
为官清廉，
经商守法，
才是国家的魂魄！

2016 年 1 月 9 日

花

每一朵花都有它的姿态，
每一朵花都有它的颜色，
每一朵花都有它的气味，
每一朵花都有它的快乐和忧虑。
看原野里姹紫嫣红，
花朵们都是那么的可爱，
花，
或大或小，
或高或矮，
都不要妄自菲薄，
应努力绽放出自己的风姿和美丽。

2016 年 1 月 28 日

小悟

在学习的路上，
只有起点没有终点；
当你撕去日历的一页，
你是否想到，
这是生命的花朵又掉下了一瓣？

音乐是时代的产物，
这里有人民的呼声，
历史的车轮，
爱歌的人，
就是爱生活的人！

2016 年 9 月

生命之船

生命之船，
有如在布满暗礁的海上行驶，
在人生的海洋中，
只有意志坚强、百折不挠的人，
才能到达生活的彼岸。
畏惧不前，
撂桨收帆，
只能搁浅在时代的岸边。

2017 年 3 月

偶感·珍惜拥有

许多人和机会，
与我们擦肩而过，
我们失去的，
也许再也回不来，
那么珍惜拥有的吧，
不要让其成为遗憾和回忆！

2017 年 4 月

有感于海边溺死女婴的照片

一张海边溺死的女婴的照片，
在新闻界引起了强烈的震动。
那是一位多么可爱的天真无邪的女孩，
为什么会溺死被海浪冲到岸边？
那是一船逃离战火偷渡出海的难民，

被海浪吞噬，
其中的一具尸体被冲到了岸边。

中东的战火是谁点燃的，
这场战争谁是正义的一方，
谁是邪恶的一方，
如今可有公正的定论？
为什么战火要殃及无辜的平民的儿童？
有哪位巨人之手，
能平息战乱，
让人们不再离乡背井，四处逃亡？
让人们脱离苦海，
重新享受和平与安宁！

2017 年 10 月

6. 中外寓言、童话故事、神话诗

东施效颦

越有西施，美艳无比。
时犯心痛，抚心颦眉。
街里见者，皆觉姣美。

邻女东施，生却丑卑。
也装心痛，抚心颦眉。
街里见者，无不作呕。
厌其丑态，闭门远避。

1973 年 10 月

鹬蚌相争

清清的易水滩边，
一只河蚌张开壳儿晒太阳。
有只鹬鸟看见河蚌的肉直流涎，
把尖尖的嘴儿伸到蚌壳里面。
河蚌合拢了壳儿钳住了鹬嘴，
鹬鸟也想努力啄出河蚌的心房。
“今天不放你，明天不放你，必有死鹬！”
河蚌说。
“今天不下雨，明天不下雨，必有死蚌！”

鹬鸟说。
河蚌鹬鸟相争不舍，
适逢渔翁路过，
一并擒下。

1973 年 10 月

杞人忧天

有一杞人，担心天倾地崩，
郁郁忧虑，竟然废寝忘食。
好心邻人，前去开导：
“天是气团，蒙蒙漫空，
人之行动，皆在天中。
何为郁郁，忧其陷崩？”
杞人问：“天作为空，
日月无所依托，
也必然会掉下。
假如没有日月，
黑漆一团，
人也难存活。”
邻人说：“太阳月亮，有如气团，
即使掉下，也不会伤人。”
杞人又说：
“地如果崩塌了怎么办？”
邻人解释说：
“地何博大，充盈土块，
人皆生活跃跃，你何忧虑其坏？”
杞人听了，终于放下心来。

1973 年 10 月

河伯与海若

秋水渐渐地涨了，
小川小流都汇聚到大河里。
河面显得多么的壮阔！
站在河心露出的沙洲，
遥望对岸边上，
吃草的牛羊也分辨不清。
于是河伯沾沾自喜，
以为天下之美，
尽在自己。
他顺着河流一直向东，
到达渤海，向前眺望。
茫茫大水，无际无边，
海水之广，壮人心胸。
河伯羞愧了，
他向海神若感叹：
“懂得道理多一点，
就自以为谁也比不上自己，
这就是像我这种人啊！
看见了您的博大无穷，
我才深感自己的狂妄和可笑。
倘若没有见到您啊，
我将永远受到那些知识高深者的讥笑！”

我们不能像河伯，
总是以己为美。
我们要像河伯，
在大海面前正确认识自己。

1973 年 10 月

井蛙与海鳖

浅井之蛙对东海之鳖说：
“我是多么的快乐啊，
出则在井栏边蹦跶；
入则在井壁的砖洞边休息；
跳水水只浸到我的两腋，
托着我的下巴；
散步软泥则陷下我的两脚，
浸到我的脚背。
那些孑孑、小蟹和蝌蚪，
谁也比不上我，
我独占这一坑之水，
井上井下之乐无人能比。
你何不时时来玩赏玩赏呢？”
东海之鳖一听井蛙之言，
很想进井去观光观光。
迈开左脚却绊着了井栏，
提起了右脚却陷入了深深的淤泥。
于是，鳖也给井蛙谈起了大海：
“千里之远，
不足以显示其大；
千丈之崖，
不足以譬其深。
大禹之时，
十有九年发大水，
但海水不见其涨高；
商汤时候，
八有七年现大旱，

但海水不见其浅落。
能不为历史的长河所淹没，
不为雨量的多少而增减者，
这就是大海之乐啊！”
井蛙听了海鳖的言语，
顿时惊呆了，
他觉得自己太渺小了！

1973 年 10 月

南辕北辙

有个人想到楚国去却往北行，
智者见了，觉得奇怪：
“楚国在南方呵，你何往北行？”
“不要紧，我的马好！”
“你的马虽好啊，可是方向却不对！”
“不要紧，我的旅费多。”
“旅费虽多，可是越来越远！”
“不要紧，我的御者能。”
那人不听劝告，
拍马往北驰去。
纵然马良、钱足、善驾，
可离楚国反而愈来愈远啊！

1973 年 10 月

叶公好龙

叶公好龙，远近传颂，
家中柱上、桌上、床上都雕着龙。
天上的真龙知道了，

有一天把头探入他的卧室，
把尾巴垂入他家的天井中。
叶公顿时吓得魂不附体，
浑身酸软瘫在床榻中。
原来，叶公喜欢的是画的假龙，
当真龙降临，却害怕得像一条死虫！

许多嘴巴高喊革命的人，
当革命的疾风骤雨真来了，
却害怕得躲起来，
这正像好龙的叶公。

1973 年 10 月

美酒和凶狗

宋国有一户人家卖酒，
酒旗高挂，器具洁净，酒味香醇。
可是酒却卖不掉。
宋人不知何故。
邻人告诉他：
“人们提着瓶来买你的酒，
可是你家的狗一见人便扑上来咬。
人们畏惧你家的凶狗呵，
因而改道。
家中既养凶狗呵，
何能售出美酒?”
经商的人啊，
你能悟出个中的道理否?

1973 年 10 月

买椟还珠

有一楚人在郑国卖珠玉。
他用木兰做成匣子，
匣上装饰着玫瑰，镶嵌着翡翠，
又熏上牡桂和花椒的香气。
郑人买了他的匣子，
却把匣中的珠玉还给他。
凡庸的人啊，
宁愿要外美内空的匣子，
也不要质朴无华的珠玉！

1973 年 10 月

无底的玉杯和朴质的瓦罐

一只无底的玉杯与一只朴质的瓦罐在争执。
玉杯说：
“你是多么的难看啊，
没有一丁点儿光泽。”
瓦罐说：
“我虽然难看，
但可以盛酒浆。
可你呢，
能盛什么呢？”
一个农人走来买走了瓦罐，
因为瓦罐有用啊；
一个官吏走来买走了玉杯，
因为玉杯毕竟好看啊！

1973 年 10 月

大葫芦和不龟手药

惠子对庄子说：
“魏王送我一颗大葫芦的种子，
我把它种下长成容量五石的大葫芦。
我想用它盛水浆，嫌它太单薄；
用它来做瓢，又嫌它有点平浅；
它又大又空，于我无用。
我只有把它砸碎了之。”
庄子对他说：
“宋国有一人炼制成不龟手药。
寒冷的冬天，
他一家大小，
把药涂在手上，
在水边漂白旧絮度日。
有一智人听说，用百两黄金购买了这个药方，
并把药方献给了吴王。
恰巧越国侵吴，
吴王忙派智人率军迎战。
那时正是冬天，
天寒地冻，
智人让士兵摆开阵势，并涂上不龟手药，
士兵们用了药，手脚无裂，
精神大振，
大败越军。
尊敬的惠君啊，
如果您不是将大葫芦砸碎，
而是系上它漂流四海，
那您将会见到一个多么广阔的世界啊！”

是的，
有的人用自己的才能聊以糊口，
有的人用自己的才能报效国家、报效人民，
其结果真是大不相同啊！

1973 年 10 月

社庙和社鼠

周的社庙一天天在朽败，
其原因是社鼠时时在破坏。
婴子说：
“社庙的墙用木头编排，
木头外面糊着泥块。
社鼠在木头里面做窝，
人们欲淋，恐会洗掉泥块；
人们欲烧，恐将社庙毁坏。
社庙不倒，
社鼠犹存，
不破不立，
不塞不流，
不毁社庙，
社鼠永远作怪！”

1973 年 10 月

拔苗助长

有一宋人嫌禾苗长得太慢，
于是来到田里拔苗助长。
他筋疲力尽回到家中，

扬扬自得告诉家人：
“我今天做了件好事，
我让禾苗长高了一寸。”
他的儿子很是惊奇赶忙去看，
满田的禾苗在渐渐枯萎。

以为劳而无益轻言放弃，
就像插了秧而不耘草；
不顾实际情况急于事功，
就像宋人拔苗助长。

1973 年 10 月

齐人与妻妾

有一齐人与妻妾一同生活，
那丈夫出去必酒足饭饱回来。
妻子问他与什么人一起，
他自吹跟的都是些有钱有势的富人。
妻子心里很是狐疑，
第二天她偷偷跟在丈夫后面，
走遍全城她丈夫却无人搭理。
继而他独自来到东门外的坟地，
姿态卑下地向上坟的人乞讨剩余的酒食，
一处不够又寻别处。
妻子气愤地回到家里，
把丈夫的所作所为告诉小妾，
“丈夫是我们所依靠的人，
如今他这种状况，
我们还有什么指望。”
妻妾二人埋怨丈夫，相对而泣。

这时，丈夫又从外面翩翩归来，
这在妻妾面前毫不知耻地骄傲吹嘘。

在正直人的眼里，
一个人为了升官发财而手段卑下，
妻子知道了不知羞辱，不会哭泣，不会劝阻，
是不可取的，
那些在社会上取巧钻营、恬不知耻的人，
还不及齐妇之慧啊！

1973 年 10 月

农夫与蛇

一个农人走在路上，
看见一条冻僵的小蛇。
“可怜的小生命呵！”农人把蛇暖在怀里。
蛇醒过来了，对着它的恩人狠狠咬了一口。
农人中毒死去了。
在临死的时候，他说：
“我救了害人的东西，应当自食恶果。”

1973 年 10 月

和氏璧

卞和成年累月在山上苦苦寻觅，
终于，他发现一块奇石。
他把石献给楚王，
楚王视它是一块丑陋的石头，
说卞和犯了欺君之罪，
于是卞和被斫掉了双脚。

他悲哀地哭泣，血泪沁入了石隙。

新王登基，
卞和又把奇石献给新王，
新王命石工把石头凿开，
只见石头洁白无瑕、晶莹剔透，
玉工将其雕成了一块玉璧。
这便是闻名天下美轮美奂价值连城的和氏璧。
啊，和氏璧，
谁会知道你和你的主人，
曾经的厄运磨难和迷离！

2016 年 2 月 6 日

白雪公主

国王的女儿是一位美丽异常的公主，
她的容颜像粉红的月季，
她的皮肤像初雪一样白皙，
她像颗钻石照亮了王宫。
国王给她取名为白雪。
她的继母王后十分嫉妒她的美丽，
便施了魔法让她长睡不醒，
并把她送进了深深的森林。
七个小矮人对公主的不幸深为同情，
每天轮流守护着这位稀世美人。
一位异国的王子进山打猎，
在森林中发现了沉睡的公主，
他被公主的恬静、美丽所吸引，
静静地坐在公主的身边，
跟她说话，给她按摩，并轻声地呼唤，

当他缓缓地俯下身子轻轻亲吻公主的嘴唇，
奇迹出现了，
公主醒来了，
竟然睁开了眼睛，
是真挚的爱驱除了王后的魔法，
是深挚的爱造就了一对幸福的恋人，
他们在森林中唱歌、跳舞，快乐无比，
王子给公主戴上用玫瑰编织的花冠，
并把她迎进了父王的王宫。
后来呢，
老国王知道了事情的真相，
立即把歹毒的王后驱出了王宫。

2016 年 4 月 22 日

金苹果

有一位国王的王宫里有许多珍宝，
可是他仍然不满足，
他向上帝祈祷：
“仁慈的上帝啊，
请赐给我更多的金子吧！”
上帝说：
“好吧，我赐给你点金术！以后你手触到的一切都是金子！”
国王大喜过望，
便用手试着摸了一下自己的座椅，
果然，座椅成了金光闪闪的金椅。
国王来到果园，
看见紫红熟透的苹果，
他想摘一个尝尝鲜，
可是手一接触苹果，

苹果马上变成金灿灿的，
国王好不懊恼。
回到王宫，
他最心爱的女儿——
玫瑰公主跑来了，
亲热地叫着“爸爸”，
国王爱怜地拉着公主的手，
不可思议的是，
公主竟然慢慢地变成一尊金色的塑像，
国王大惊失色，
他双膝跪下来，
向上帝祈祷：
“仁慈的上帝，
是我的贪婪害了我心爱的女儿！
我再也不需要什么点金术，
还是还给我心爱的女儿吧！”
上帝笑了，
让王宫的一切都恢复成原来的样子。

2016 年 4 月 23 日

盗火者

远古的世界一派灰灰蒙蒙，
夜晚更是漆黑一团，
毒蛇猛兽残害着人们的生命，
人们需要光明、温暖和烧烤食物。
普罗米修斯深知人们的苦痛，
便从天国偷来火种带给人间，
也给人们带来了光明、温暖和熟食。
宙斯知道了这件事勃然大怒，

他命人把普罗米修斯用铁链锁在高高的毕加索山峰，
让山鹰每天啄食他的心脏。
尽管痛苦异常，
但普罗米修斯十分欣然，
因为他做了一件对人们有益的事，
啊，普罗米修斯，
你是勇敢、善良、正义的化身，
你是人们心中永远的英雄！

2016 年 4 月 24 日

鲲鹏之志

北边的大海里，
有一种鱼叫鲲。
鲲的背不知有几千里啊，
浮在水里，
像一座巍巍的冰山。
它游动起来，
真可谓翻江倒海。

北边的天上，
有一种鸟叫鹏。
鹏的翅膀张开来，
就像垂天之云，
一下子遮住了太阳的光芒。
它振翅一飞，
就飞了九万里之远。

巨鲲啊，你告诉我，
你要背负人们啊，去往幸福快乐的地方，

大鹏啊，你告诉我，
你要带领人们啊，去寻找阳山的宝藏！

2016 年

金秤砣

从前，有一位土财主怕露富，
把一百两黄金熔成了一个金秤砣，
然后涂上黑漆放在家中的角落。
一位兑糖郎从他家门前经过，
财主的小儿子嘴馋，
抱起那个秤砣兑了一大块米糖吃。
兑糖郎回到家，
望着那沉甸甸的秤砣，
敲敲磨磨，
黑漆掉落，
竟然露出一个霞光闪闪的金秤砣！
这个故事告诉我们，
无论做什么事，
都要懂得它的价值！
如果把金子当成铁，
这是多么的愚昧和可笑！

2017 年 10 月

金豆子

一个大雪天，
路上结满了光溜溜的冰。
一家高门大户家的少爷耍恶，
在门前的路上撒上黄豆，

看路人滑倒取乐。
黄豆撒完了，
他又从家里箱笼拿来金豆子，
把金豆子频频抛在地上，
人们争抢金豆子，连连摔倒在地，
少爷与下人见状，
得意地哈哈大笑。
数年以后，那家高门大户败落了，
门上落上了大锁，
门前也长满了高高的杂草。
朋友，
这则故事，告诉了我们些什么？

2017 年 10 月

牛郎织女的传说

夏天的夜空蓝黑深远，
天河银波浩浩茫茫。
一个古老的故事，
萦绕在我的心上。

传说九霄之上有座天宫，
仙子们居住在天宫里面。
仙子中有一位织女姑娘，
她是王母娘娘的外甥女。
织女心灵手巧、美丽异常，
每天用天梭织出五彩的云锦和缤纷的霓裳。
天界的日子是多么的乏味寂寞，
透过漂浮的白云，
织女望见了凡间无数的青山绿水，

也听到了啁啁的鸟语，
闻到了幽幽的花香。
少女的心思，不禁飞向了远方。

却说凡间有个小伙子名叫牛郎，
他与哥嫂一同生活在东边的村庄。
嫂子是个心窄嘴尖、心肠刻薄的女人，
牛郎受不了她的歧视和冷眼，
牵着从小相依为伴的老牛，
独自来到西河边上。
牛郎搭了个草棚，圈了个牛栏，
从此，早出晚归，辛勤劳作，
日子虽苦，倒也快乐。

日子一天天流逝，转眼又到了夏天。
一天夜晚，牛郎在大树底下歇凉，
一边凝望着夜空的星星出神。
这时，卧在身边的老牛开口说话了，
“牛郎啊，你一个人生活是多么孤单，
明天晚上，有一群仙女要到西河洗澡，
那位穿红衣裙的女子，
将会是你的新娘！”

第二天晚上，
月色皎洁，
河面闪着粼粼的波光。
一群仙女果然从天上飞下来，
来到西河洗浴。
牛郎躲在树丛后面，
悄悄拿走了那件红衣裙。

仙女们在清澈的湖水中洗浴、嬉戏，
好不快活。
天色将明，
仙女们一个个穿戴整齐，
飞回天上，
只有织女姑娘在焦急地寻找自己的衣裳。
这时牛郎走出来递上衣服，
诉说自己对织女的爱慕之情，
并恳切请求织女留在凡间。

面对着诚实善良的牛郎，
织女答应与他结为夫妻留在凡间。
从此二人男耕女织，
日子虽然辛苦，
但感觉无比甘甜。

日子如梭子般地逝去，
牛郎织女有了一对可爱的儿女。
白天，牛郎牵着老牛去耕田耙地，
织女织布、喂鸡，
晚上，对着清朗美丽的夜空，
织女也给丈夫、儿女讲起天上的故事。

一天，老牛流着泪对牛郎说：
“牛郎啊，我老了，要死了，
我死后，把我的皮剥下晾干备用吧！”
牛郎望着相依为命的老牛，
泪水像断线的珠子一样滚落，
老牛死后，他照着它的话把牛皮晾在柱子上。

天上的王母听说外甥女嫁给了牛郎，
大为震怒，
一天趁牛郎出去干活，
她下凡飞到西河边上，
找到织女，
威逼织女跟她飞回天上，
织女苦苦哀求留下，
王母断然决绝不让，
并强行拉起织女往天上飞去。
牛郎闻讯赶到家，
看见越飞越远的妻子，
赶忙拿了一对箩筐担着儿女，
披上牛皮追赶，
牛郎心急如焚，
离织女越来越近，
王母急了，
从头上拔下玉簪向后一扔，
玉簪化为一条茫茫滔滔的天河，
把牛郎织女分隔在河的两边，
从此这对有情人只能隔河相望，
为人们留下了千古的遗憾！

人间的喜鹊听说了织女的不幸，
深为同情，
每年七夕，它们纷纷飞到天上，
用身躯搭成一座灵桥，
这样，牛郎和织女才有幸相会在桥上，
传说，在青青的葡萄架下，
人们可以听到牛郎织女相会时
那窃窃的甜蜜的情话！

2017 年 10 月

第二辑

古体诗

1. 述志

鹰

天何高兮，云渺渺，
万里秋横兮，朔气贯霄。
雁阵何迟兮，其鸣何哀，
吾独缚身兮，不能搏击。
足陷污泥兮，不能自拔，
峻崖峭壁兮，不能伫立。
川流何急兮，吾心何烈，
无奈麻索兮，不能振翅。
极目远视兮，山野皆春，
百鸟争鸣兮，汝何无声？
人皆竞扑兮，汝何不飞？
人皆乐群兮，汝何苦独？
汝啄何利兮，何不觅食？
汝爪何锋兮，何不擒物？
汝目何锐兮，何不及准？
汝心何雄兮，何其闷闷？
汝翼丰润兮，何不升腾？
壮时垂翼兮，苍老焉为！
志存浩浩兮，何时当发！

倘断吾索兮，修复吾羽。

如吾所欲兮，即便高举。
直冲九空兮，背贴青云。
俯视九洲兮，四顾苍生；
旋于峭崖兮，迎击暴风，
擒获吾敌兮，广伸吾志！
横绝四海兮，犹不回头。
鲲鹏为伴兮，宏宇皆乡。
与天同生兮，与地共朽！

1970 年

七绝·咏志

身处陋室心悠悠，
空怀报国志未酬。
何日一展大鹏翼，
挥毫泼墨写春秋。

1984 年 3 月 9 日

偶成·少年猛志

少年猛志可擒龙，
宏论一发满座惊。
披肝沥胆报国志，
千寻万种赤子情。

1988 年 6 月 24 日

偶感·笔耕

一

久有凌云志，

静心写华章。
思绪连广宇，
文翼游苍山。

二

纸上风雨作，
笔下雷声狂。
群雄争伏虎，
豪杰欲射狼。

三

历史翩翩飞，
世事涌作浪。
红日早西坠，
满桌明月光。

2003 年 10 月 7 日

感怀 · 笼中鸟

久居樊笼里，
日昏不知旦。
一朝破笼出，
直翔九霄天。

2007 年 2 月

大鹏

大鹏非凡鸟，
一翔直冲天。
扶摇九万里，

瞬达沧海边。

2012 年

吾趣

不喜麻将不喜牌，
不求做官不求财。
唯有音乐诗书画，
可以愉悦以释怀。

2013 年

2. 言情

偶成·花月美人

星眼秋波微，
云鬓乱堆鸦；
圆润赛雪肌，
丰姿发春华。
不道花月好，
却次美娇娃。
明月今仍在，
美人哪乡涯？

1972 年

冬之恋

——致程君

暮秋渐渐逝去，冬日即将来临。
大地铺满霜华，衰草萌发春声。
忽而翩翩女至，飘逸宛若天人。
人生大都坎坷，荒途何遇知音。
外具婷婷美质，内蕴圣洁灵魂。
话语谐谐燃烛，笑声朗朗似铃。
世人大都昏庸，求知能有几人？
存心烈烈伟浩，也曾博击苍穹。

得君助我一臂，振翼万里蓝空。
借问君欲何往，桃源可否同耕？

1973 年 11 月

冲天鹤

——致绮华君

君是金丝鸟，
我是冲天鹤。
愿得共比翼，
长能和云搏。

1978 年 11 月 4 日

春思

江作青罗带，
柳垂碧玉丝。
白帆随风发，
带走我相知。

山花红胜火，
艳阳陌上时。
君可曾记否，
两心长痴痴。

1986 年 4 月 13 日

偶感·知己

千两黄金容易得，
人间知己最难求。

若得两心长相印，
同甘共苦到白头。

1987 年 7 月

七夕夜

天汉何茫茫，
望断秋水间。
滔滔哪可渡，
思随波流去。

哀哀灵鹊鸟，
齐齐搭天桥。
甘露洒爱河，
牛郎会阿娇。

1987 年 8 月

月夜

月悬中天分外明，
可曾照我心上人？
人生贵在相知心，
岂在朝朝暮暮情。

1987 年

静夜

月上柳梢头，
人约黄昏后。
情侣度遥夜，

缠绵不觉昼。

1987 年

咏五老峰

——欣赠王、余、程、胡、陈五老

黄忠年七十，
沙场展雄风。
东湖夕照好，
五老似青峰。

1988 年 1 月 30 日

踏春偶感

相遇容易相交难，
不能相谈只相望。
两眼犹如深潭水，
水清能照人心田。

1988 年 2 月

悼余书士校长

痛悼育苑失良才，
芝峰堆雪东水哀。
世间多有不平事，
君之诤言耳边来。

1988 年 3 月

致友

去日流年惊逝水，
同志挚友梦里随。
不是肝胆能相照，
哪得契阔茶一杯？

1991 年 1 月 29 日

咏七夕·灵鹊

河汉迢迢哪可度？
牛郎织女两岸居。
好心人间灵鹊鸟，
齐齐上天搭桥去。

1991 年 7 月

琴之爱

琴心柔似水，
爱意洁如雪。
山高路又远，
爱侬无歇时！

1995 年秋

一剪梅·月夜咏

——和彭爱民

淡云缺月挂疏梅，
伊人不见，独立玉阶。

月光如水泻清辉，
风寒夜冷，
心伴鹭飞。

忆昔离别情悲悲，
把袂不放，
杏眼含泪。
星移斗转五十载，
一水相隔，何时归来！

2002 年 9 月 20 日

赠洁玲君

一

白鹤玉立舞群鸡，
芙蓉出水众技低。
舞姿婀娜歌声美，
温柔国里谁堪匹？

二

雪肤月貌洁玲君，
梨花鲜嫩桃瓣轻。
长发飘洒瀑布羞，
嫣然一笑彩云生。

2005 年 5 月 12 日

赠姚道生

姚兄青年遭磨难，
中年潜心著华章。

诗社数次来相邀，
愧无明珠耀诗坛。

2006 年 9 月

嫦娥

人道天上好，
皆把神仙羡。
嫦娥偷灵药，
为把仙人攀。
寂寞天宫冷，
清辉玉臂寒。
欲问爱情事，
嫦娥羞红颜。

2006 年 10 月 8 日

惜玉

美玉美玉何其靓，
不幸跌落污泥潭。
茉莉茉莉何其香，
无奈惨遭风雨残。
雪莲本开雪峰顶，
芙蓉立水方娇妍。

2006 年 10 月

题刺绣女

温州女娃揣彩线，
巧手绣出两鸳鸯。

鸳鸯戏水亲如蜜，
何日郎君伴身边。

2006 年 11 月

心语

其一

君骑白马来，
翩翩有风采。
情意绵绵后，
何日君再归。

其二

伊开宝马来，
笑容灿不败。
我乃贫家子，
难以乐开怀。

其三

既然真心爱，
两者又无猜。
何有贫富论，
耿耿戚于怀。

其四

贫穷当奋发，
富有勤作来。
两人能携手，
幸福花自开。

2006 年 12 月 1 日

咏梅

——赠李梅

梅之灼灼，
凌冬益芳。
香气馥郁，
蜂蝶不沾。
清枝劲节，
霜雪难伤。
玉骨静立，
淑女风范。

2007 年 2 月 3 日

无题 · 梅踪

鹊落梅枝一深冬，
两情相悦雨蒙蒙。
冬去春来桃花开，
花海何处觅梅踪？

2007 年 2 月

无题 · 落花

落花有意逐流水，
流水无情弃残红。
坠沉深潭终不悔，
真爱毕竟感东风。

2007 年 3 月 6 日

偶感·红粉知音

红粉知音古来稀，
英雄美人多分离。
倘使花好月长圆，
何来霸王别虞姬？

2007 年 3 月

无题·浮萍

浮萍本无根，
谈何相知深。
一朝东风起，
飘零无影踪。

2007 年 3 月

偶得·月皎皎

夜气蒙蒙月皎皎，
湖水脉脉拂柳梢。
蛙鸣一声惊碧水，
伊人心内起春潮。

2007 年 3 月

有感于梨花名

梨花院落一径深，
雪满枝头芳满庭。
佳人何故频回眸，

莫非痴痴等恋人？

2007 年 4 月 12 日

赠小芹

满园春色花照眼，
独有一枝扑鼻香。
沧海之水三千丈，
唯有一潭吾甘泉。

2007 年 5 月 2 日

咏玉

——赠小艳

娉娉婷婷一娇娘，
肤色如雪发金黄。
身上幽香时浮动，
面似朗月笑靥甜。
茉莉初启吐芬芳，
美玉出土放霞光。
雪莲盛开雪峰顶，
清水芙蓉更娇妍。

2007 年 10 月 15 日

无题·人生如戏

人生如戏戏如棋，
红颜知已古来稀。
倘使君能常伴我，
老鹰召得凤凰归。

2007 年 10 月 15 日

闻李君归去有感

海有崖缺月有伤，
热血相向对冷浆。
青山屹立水长流，
美人一去不复返。

2007 年 12 月 10 日

知音

人生漫漫多苦离，
红颜知音古来稀。
情意深深花解语，
琴瑟谐谐菊依篱。

2008 年 1 月

蝶恋花

蝶恋娇花莺恋柳，
杨柳依依情似胭脂酒。
谁踏春光舞红袖，
疑是仙娥降湖州。

娉娉倩影美难收，
漠漠大地红肥绿依旧。
清歌妙曲听不够，
芙蓉国里竞风流。

2008 年 3 月 21 日

七夕·灵鹊

漠漠广宇一长河，
静静流淌相思波。
岁月易老情难忘，
思忆伊人泪滂沱。
情意深深美娇娥，
侠义灵鹊感动多。
点点微躯天桥现，
佳人得以渡爱河。

2008 年 8 月

有感·心诚石开

——赠小艳

与君一见印象深，
忽而离去如失魂。
天涯茫茫芳踪远，
去年思君到如今。
心诚感得天地合，
意坚斫得金石开。
数度寻觅终不见，
回首惊现梦里人。

2008 年 10 月

赠林君

鄂赣远隔万重山，
眉目传情一线连。

两心若得相慕悦，
祈愿相伴天地长。

2009 年 5 月 3 日

感怀·情依依

情依依，鸟依依，
素手相执语蜜蜜。
西山一轮红日落，
颊上两朵红霞飞。

情依依，鸟依依，
两情相悦惺惜惜。
天作之合盼久远，
江水东流无止息。

情依依，鸟依依，
浑然不觉玉兔起。
但愿两心长相知，
明月永照不分离。

2009 年 5 月 29 日

眼儿媚

秋水盈盈眼波流，
眉黛远山愁。
娇娇燕语，
莺莺歌喉，
偎郎肩头，
依依含羞。

芳情恰似春江水，
挚爱融融暖心头。
清清莹莹，
软软柔柔，
绕岸长流，
无止无休。

2009 年 8 月 27 日

月夜曲

一

月色皎皎影团团，
碧海无波清朗朗。
草原辽阔花气幽，
牧人琴声传远方。

二

篝火一堆红旺旺，
玉人踏步舞翩跹。
歌声悠扬惹人醉，
奶茶浓浓流蜜香。

三

骏马奔驰星数点，
雄鹰翱翔过雪山。
神奇天路一线穿，
北京拉萨不遥远。

2009 年 9 月

赠贵荣友

重阳时节忆旧游，
韶光一晃四十秋。
当年翩翩俊公子，
而今华发可上头？

尚记往昔战田畴，
挥锄奋镰饰地球。
君慕余之文采好，
我仰君仪真风流。

高谈契阔存远志，
引吭悲歌为同谋。
沪赣远隔三万里，
相知情谊越千秋。

2009 年 9 月

卜算子·赠小艳

汝家远在鄂，
吾亲去之粤。
鄂鄱相隔千万里，
但有心相悦。

悦也难成欢，
唯有情似雪。
待到爱开烂漫花，

海上生明月。

2009 年 10 月 3 日

有感西女遥寄

西女窈窕天下秀，
金发碧眼秋波流。
梨花带雨姿胜雪，
莲萼初启尚含羞。
娇声滴滴莺啼啭，
情意绵绵鸟依袖。
有美相伴一生足，
芙蓉国里度春秋。

2009 年 11 月 4 日

偶成 · 姣花

暖日艳艳照春园，
百花灼灼正鲜艳。
独有一枝对君笑，
风姿绰约更娇妍。

2010 年 3 月

会友

——赠小徐

去年此时初逢君，
蓦然一见即倾心。
忽而离去心伤怀，
郁郁相思到如今。

昨日天边传君音，
长夜突现启明星。
满怀欣喜赴君约，
聊慰朝朝暮暮情。

2010 年 6 月

赠小林

去岁中秋与君共，
月色溶溶沐清风。
今朝端午与君会，
情深款款觅旧踪。
何当携君凌绝顶，
傲视天下小群峰。
复又泛舟湖海上，
纤纤素手采芙蓉。

2010 年 6 月 16 日

咏珊

卿本海底琼玉枝，
来得世上人鲜知。
一旦识得圣洁体，
欲想攀交意恐迟。

2010 年 9 月

给爱人

在天愿作比翼鸟，
在林愿作连理枝。
生当同床死同穴，
勒石铭诗报君知。

2010 年 9 月

书赠贵荣友

去岁重阳得君音，
今年世博从君游。
白驹过隙四十载，
不觉今日鬓已秋。

人生知己古难觅，
高山流水何处求。
碧海云天显君谊，
青山常在水长流。

2010 年 9 月 17 日

上海灵石公园与挚友晤谈感怀

灵石湖面水盈盈，
柳拂碧丝如有情。
数对新人湖边立，
水绿花红摄倩影。

吾与好友湖边坐，

敞扉畅谈语不尽。
人世沧桑奋斗路，
恰似园中石径深。

2010 年 9 月 29 日

惜别

——赠贵荣友

一

挚友赠我农山泉，
甘洌无比沁心田。
情谊款款意深深，
胜似桃潭水绵绵。

二

余今离沪君相送，
列车开启手频动。
人走却带君心去，
万里云天到九重。

2010 年 10 月 2 日

咏花

——赠小芹

满园春色花争艳，
独有一枝沁心甜。
花不醉人人自醉，
月下何故思婵娟?

2011 年 2 月

偶感·香芹
——赠小芹

百花有芳姿，
芹草绿叶长。
一丛溪边立，
十里闻馨香。

2011 年 3 月

偶感·红尘佳人
——赠小红

红尘滚滚识佳人，
话语谐谐乐融融。
柔情好似东江水，
春夏静流复秋冬。

2014 年七夕

凤求凰

鸾鸟其鸣，为求偶声。
凤意在彼，心在凰身。
曼娜起舞，嘤嘤柔唱。
为得凰顾，巧笑频频。
凰喜凤美，双双和鸣。

2017 年 10 月 23 日

3. 山水景物

素竹吟

素竹袅袅，立于荒野。
春笋嫩嫩，芳草萋萋。
和风习习，丽日明媚。
春游女子，何为痴迷？

素竹青青，长有浓荫。
时于正午，知了倦鸣。
夏日炎炎，车声辚辚，
民生多艰，茹苦含辛。
憩卧竹下，或作鼾声。

素竹亭亭，清影依依。
明月皎皎，挂于竹梢。
寒光清冽，碎影摇银。
倦鸟栖息，不时噪林。
明月素竹，令我清心。

朝晖灿灿，漏下金光。
竹枝滴露，竹叶含芳。
百鸟噪林，生气盈盈，
心无旁骛，向上攀登。

横空万里，一碧澄清。
竹影疏疏，直刺苍穹。
南飞大雁，忽作悲声。
天涯远客，顿生归心。

瑞雪纷纷，一片皆白。
遥望竹枝，砌玉堆银。
慕尔高洁，如我之心。

1970 年

幽兰赋

兰何美兮，姣姣而不妖，婷婷而不艳。
兰何香兮，幽气熏四野，入腑清且甜。
兰为骨兮，清枝玉质寒，含苞犹未放。
嫩嫩出草菲，晨沐清甘露，夜披月霞光。
愿伴幽兰旦，愿闻幽兰香，朝朝不思还。

1970 年

子规啼

子规何啼，声声皆血。
子规何哀，使人泣绝。
子规何苦，惹人心裂。
感时当发，凝为悲歌。
引风而送，长夜不灭。

1970 年

咏老牛

生于草莽兮，呼声凄凉。
觅食原野兮，茹苦含辛。
青草甘美兮，低头相亲。
春木繁茂兮，夏日炎炎。
冬日朔寒兮，北风凛冽。
沉重枙链兮，置于颈上。
耕于田垅兮，行何迤迤。
终年累月兮，早出晚归。
吾食稻草兮，给人乳血。
足陷污泥兮，日晒吾背。
雨淋吾身兮，彻夜寒冷。
操地百亩兮，实人千箱。
步何艰难兮，还要挨鞭。
老泪双垂兮，无声含哀。
卧阳树下兮，自以为乐。
极目四野兮，恨壮不飞。
奔跃吾志兮，无奈绳链。
哀逝时日兮，悲声动地。
刀下死去兮，食肉寝皮。
无求于人兮，何遭此厄？
怅问天地兮，遥望前途。

1970 年

春到人间

春风送暖下波阳，
垂柳又绿昌江岸。

柳絮纷纷飘飞雪，
遥看湖水碧如蓝。
逍遥静女展红颜，
衣饰艳丽姿翩翩。
鹤唳一声冲天去，
白云深处影茫茫。

1970 年

七律 · 深秋雷雨

万里秋横雨莽莽，
松柏苍郁犹如春。
枫枳红透滴清露，
滚滚惊雷催人奋。
稻粱黄熟秋气深，
农家乐道五谷丰。
忽而天碧彩虹出，
雄鹰直击九霄空。

1972 年 10 月 18 日

野鸡词

野鸡野鸡何其丽，
徒有爪兮，不能与之竞扑。
徒有翼兮，不能高飞远击。
华其表兮，空其腹，
不能啼鸣只啄谷，
艳冠何苦自翘尾，
只恐猎人逮之去。

1972 年

飞絮残红

柳絮纷纷三月暮，
苍天不断征人路。
落花有意逐流水，
明月无心照河谷。
最是寒山伤心碧，
红颜衰老断肠处。

1973 年春

惜春

踏春但恨春来迟，守闺又嫌春来早。
世上佳偶本难求，红颜冉冉客易老。
陌上垂柳萌新绿，烟雨无声遮不住。
丽日燕雀争相鸣，我自低头思归处。
苍苍青天茫茫路，青春青春能几许?
数见旁株子满枝，我自空空枝头瘦骨峭。
我把真心托明月，明月皎皎默无语。
我把终身托河伯，如花落水飘残红。
寂寞我欲邀琳女，琳女嫌我命薄苦。
转而又去求友珠，珠儿说我艰且暮。
辞却珠儿上征途，柳絮残红任漂泊。
四处碰壁志益坚，无奈命苦无机遇。
访求志同道合者，急当飞腾临广宇。
一展吾志何烈烈，春华漫卷天尽处。

1973 年 3 月

山野之春

山间春来早，
枝头百鸟闹，
杜鹃满山红，
青峰迎日笑。

1973 年

十六字令 · 春

春，北国万里雪莽莽，红梅俊，傲骨斗峥嵘。
春，江南绿水映朝曛，千帆发，点点连白云。
春，万紫千红吐芳芬，江山娇，激我向前进！

1975 年 1 月 27 日

园丁之歌

骄阳当空烈炎炎，
林场工人锄草忙。
甘心挥洒如雨汗，
滋润松杉万千行。

苍茫大地霜芽芽，
我为竹林担泥巴。
扁担弯弯快如梭，
竹影摇摇翠枝发。

春风徐来松柏俊，
耕地整畦好认真。

今日播下万颗籽，
来日畦畦新芽匀。

万山葱茏发春华，
梨白桃红美如画。
栽下杉苗千千树，
装点山河万年花。

四届人大传喜讯，
林场工人心波涌。
顿觉两肋生双翼，
银锄挥舞快如风。

祖国江山多妖娆，
林场工人意气豪。
遥看银锄起落处，
尽成一片绿莽莽。

茫茫林海一园丁，
胸怀朝阳干革命。
肩挑世界风和雨，
锄连五洲起雷声。

1975 年 3 月 8 日

咏莲

悠悠水面立奇莲，
夏风爽爽送清香。
含羞初绽艳玉质，
绿叶翻作碧海色。

水波盈盈水澄澈，
神女闻讯临水泽。
戏水观花不忍去，
或为人间美景惑。

1975 年 5 月 11 日

登堤远眺即兴

一帆冲开大江水，
千帆万帆竞相来。
两岸悲猿啼不住，
高山峻岭尽入怀。
旧人常恋旧风景，
新人当有新作派。
喜看春水又如兰，
万里江山沐朝晖。

1976 年 10 月

观皇冈狮子山

一

猛狮蹲大江，昂首向云天。
志存千里外，雄心伏虎狼。

二

朝晖照皇冈，绿水绕青山。
水阔凭鱼跃，天空任鸟翔。

1976 年 12 月 4 日

登皇冈狮子山

其一

昌江边上有奇峰，怪石峥嵘傲苍穹。
悬崖峭壁三百丈，势如猛狮欲腾空。

其二

昌江秋水碧如兰，江面时而鼓白帆。
江上水鸟掠飞过，江边淑女洗衣忙。

其三

阳光和煦洒皇冈，万方百姓乐农桑。
九州生气呈新宇，我欲乘狮览万山。

1976 年 12 月 4 日

咏杉

佳木挺直叶如针，
经霜犹见色青青。
玉立亭亭如好女，
构筑华夏质绝伦。

1983 年 3 月 8 日

室咏

开窗见北山，
浓绿溢满眼。
时听鸟雀鸣，
又闻野花香。

室徒四壁白，
内仅木桌床。
书画有深意，
心思万里长。

1983 年 9 月 7 日

咏霹雳

我闻天公擂大鼓，
势走八面奔巨虎。
声如山崩起海啸，
又似万马涌狂涛。
灼灼电光舞青霜，
厉鬼哀哭号豺狼。
期有大才自天降，
振兴华夏在今天。

1987 年 3 月 18 日

春游韩山

其一

远看此山平平，
登临怪石峥嵘。
势如猛虎长啸，
又如巨龙游空。

其二

值此艳阳高照，
立石展臂临风。

眺望鄱水渺渺，
脚下杉田葱茏。

其三

遥想淮王当年，
荒淫羸弱昏庸。
离京追欢寻乐，
尸骨遗此山中。

其四

物华天宝山雄，
一代英杰育成。
抛却愚昧自卑，
腾飞万里长空。

1987 年 4 月 9 日

奉调乘车有感

乘车快驰高家岭，
有如帝子御风行。
千山万壑奔涌急，
脚下桑田一展平。

1987 年 9 月 27 日

咏竹

——欣赠东湖中学王老师

清枝留劲节，
翠叶发芳华。
喜为苍松友，

傲雪伴梅花。

1988 年 1 月 30 日

夏夜雷雨

墨云骤裂雷声隆，
急雨如鞭烟腾腾。
摧枯拉朽万钧势，
千军万马太空行。
九天鏖战龙方蛰，
开天辟地赤兔生。
江河湖海奔涌急，
一洗大地污秽尽。

1988 年 6 月 10 日

听潮遥寄

大海心事两浩茫，
如泣如诉吐衷肠。
忽而天边洪雷起，
金戈铁马驰疆场。

1988 年 12 月 27 日

北眺东湖有感

其一

群楼耸立碧水边，
只见高楼不见山。
磨桥如带连育宛，
一双美玉落人间。

其二

古寺翻作今学堂，
钟声不闻书声朗。
西子湖畔西子女，
何如东水美如兰！

其三

甲午至今近百年，
几多悲曲几多欢，
几多急风和骤雨，
几多沧海变桑田。

1989 年 10 月 31 日[①]

咏滕王阁

飞阁流丹耸赣江，
碧波千里不回还。
孤鹜落霞今何在，
朝晖满天鹰高翔。

远眺长虹落河岸，
不见七彩铁骨寒。
车行更比流水急，
人争风骚国争强。

1991 年 1 月 23 日

---

① 东湖，指鄱阳东湖；甲午指甲午战争，发生于 1894 年。

天净沙·秋思

——反其意而用之

金菊丹枫红霞，
长桥碧水人家。
蓝天白云银鹰，
朝晖喷洒，
少年志在天涯！

1999 年 11 月

碧水蓝天

碧水映蓝天，
水天两茫茫。
鱼儿戏水面，
白鹭翔远方。

2000 年

笔之奇

金不换兮，笔之奇。
握于手兮，长太息。
神所归兮，情所寄。
龙行大海兮，凤翔苍穹，
明月当空兮，红日东升。
乌云四合兮，突起奔雷。
林寒涧肃兮，虎啸猿啼。
揭竿斩木兮，英气冲天。
金戈铁马兮，漫歌大风。

红叶咏怀兮，红豆赠远。
踏雪寻梅兮，相思绵长。
花草寄趣兮，鸿雁传书。
嫣然一笑兮，百媚俱生。
庭园小憩兮，牧童横笛。
天宇桑粟兮，尽收眼底。
秃笔一枝兮，不弃不离。

2001 年 1 月 15 日

咏池

池岸青青草，
池中尖尖岛。
池内深深潭，
碧水使人怜。

2002 年 3 月 3 日

咏古镜

清波月有影，
蟾宫桂留香。
玉兔碧海出，
嫦娥舞蹁跹。

2002 年

偶得·一帆争先

大浪淘净河底沙，
一帆争先百帆发。
不应虚待白发老，

万绿丛中发春华。

2003 年 5 月 5 日

雨后月季

飘飘轻纱沾玉露，
薄薄桃面带血痕。
月里嫦娥翩翩下，
无限娇羞临凡尘。

2004 年 5 月 31 日

蓬莱

蓬莱有仙境，
玉树琼花妍，
仙娥翩翩舞，
仙乐何悠扬。
穆王久不见，
王母长哀伤。

2005 年

偶成 · 春水芳草

春水潺潺流深涧，
芳草青青野花香。
林中百鸟鸣声脆，
路上行人足不前。

2005 年

偶成·梅雪争春

梅雪争春尽展妍，
各呈风骚致君前。
梅花逊雪三分白，
雪输梅花一段香。
红梅灼灼报春讯，
瑞雪纷纷兆丰年。

2006 年 1 月 8 日

早春吟

春风一过带暖晴，
枝头好鸟相向鸣。
二月桃花尚含蕾，
湖岸嫩草已茵茵。

2006 年 2 月 8 日

登楼有感

巍巍高楼何壮哉，
天下万景尽收来，
南江波涛连天涌，
北湖静娴玉镜台，
西山如黛塔高耸，
东林郁郁沐朝晖，
我欲乘风登天去，
小小寰球掌上杯。

2006 年 6 月 15 日

秋雷作

秋雷忽作山崩声，
雷声阵阵欲杀人。
暴雨如注不曾歇，
无边旱情一时清。

2006 年 10 月 17 日

秋江唱晚

昌江西去到此回，
长山俯卧巨龙嘴。
崖岸丹枫红似火，
晚霞映照白鹭飞。

2006 年 11 月

鄱湖唱晚

浩渺鄱湖碧水漾，
千帆渔舟归夕烟。
西天晚霞红胜火，
桨声歌声水云间。

2006 年 11 月

梅

静枝玉作骨，
红瓣女为容。
不跟桃争艳，

独与雪为伴。

2007 年 2 月

彩云

天空飞过一彩云，
嫣红如花好风景。
日落月出夜替昼，
不知美云何处寻？

2007 年 7 月 7 日

冬雪

黄云漠漠压城壕，
晶晶碎玉落九霄。
纷纷白絮漫天舞，
万里山河披素袍。
琼树玉枝坠弯腰，
坚冰千里路遥遥。
冰雪无情人有情，
十万大军战冰涛。

写于 2007 年冬冰冻之灾

游武夷山

武夷千山万壑中，
峰峰奇峭露峥嵘。
虎啸岩下谷生风，
好汉坡上显神勇。
仙女双乳天下秀，

清潭香波升芙蓉。
九曲溪水泻碧玉，
观音梳妆现玉容。
双崖壁立天一线，
岩穴深深雾蒙蒙。
众仙云游天上去，
遗下仙茶石崖缝。
香茗清香沁心脾，
百姓感怀觅芳踪。

2008 年 7 月

咏荷

一荷玉立姿亭亭，
花蕊开启吐芳芬。
清香飘送地十里，
惹得世人回眸频。

2008 年 8 月 12 日

西湖好

西湖好，西湖好，
桃花迷人目，
柳枝鸣翠鸟。

西湖好，西湖好，
莲叶碧田田，
莲花艳娇娇。

西湖好，西湖好，

水面戏鸳鸯，
湖岸青青草。

西湖好，西湖好，
湖水清凌凌，
湖女如花貌。

2009 年 6 月 25 日

秦淮河之夜

十里秦淮十里画，
月光桨影漫吁嗟。
情如漾漾淮河水，
灯如煌煌好年华。

2009 年 10 月

眺日有感

一衣带水两乾坤，
日出东方天下明。
睡狮雄起声威烈，
樱花如雨坠纷纷。

2011 年 8 月 25 日

咏修水

修水清波流，
欲去尚回头。
少女美如花，
回眸尚含羞。

修修修，
羞羞羞，
静水蕴风流。

2011 年 10 月 25 日

观白水寨瀑布吟

白水寨顶白水生，
白水疑是天上云。
千年流水泻碧玉，
万寻怪石露峥嵘。
玉龙凌空下清潭，
携雷挟电声鸣涧。
仰望泼珠又散玉，
细雨蒙蒙透骨凉。
古船栈道通海远，
步云石级连天长。
千株古木留绿影，
万仞峭壁映夕阳。
山顶天池天之上，
霓裳飘飘仙姑忙。
玉人仙桥空伫立，
遐思早飞白云间。
看山为得山之趣，
观水为聆水之韵。
游客不懈登临志，
为览绝顶美风光。

2012 年 10 月 2 日

雨打茉莉感怀

柔枝凝白雪，
清香沁心扉。
嫩蕊放数日，
无奈冷雨摧。
怜此芳洁姿，
何遭此厄为。

2014 年 5 月 7 日

咏茉莉花

柔枝凝白雪，
清香满幽径。
粉蝶怜芳姿，
翩翩舞娉婷。

朝露何晶莹，
旭日紫气生。
日逝月华满，
仍有赏花人。

2014 年 7 月 17 日

咏万绿湖及亚洲第一高喷泉

万顷碧波万点绿，
水质清清柔无骨。
仙女羡慕下瑶池，

一展风流冰雪姿。
水接龙津龙游戏，
口吐玉涎散珠玑。
或如孔雀开雪屏，
或如仙女散花蕊。
突见一柱冲天起，
直入云霄接天阶。
玉柱上溯散冰雪，
如粉如雾满天际。
茫茫九州江河水，
此数亚洲第一奇。

2014 年 10 月 3 日

赞白莲花

白莲花，
独立凌波姿曼雅；
白莲花，
冰清玉洁赛梨花；
白莲花，
清香四溢满湖涯；
白莲花，
状如美人新浴画。

2014 年 11 月 10 日

游香雪公园

万株梅树万树花，
犹如瑞雪满山崖。
焉知冬深花似海，

冲天香气漫中华。

2015 年 2 月

咏茉莉

百花娇艳各不同，
我爱茉莉精气神。
冰清玉洁有芳姿，
幽香阵阵销人魂。

2015 年 5 月

咏东方明珠及广州塔

东方明珠南天女，
谁执霓裳漫天舞。
万点灯火煌煌地，
仙姑慕之下凡去。

2015 年 7 月 19 日

偶得·十月花城雨

花城十月雨蒙蒙，
高塔隐于云雾中。
忽而天开雾气散，
万千楼塔现真容。

2015 年 10 月 11 日

芝城三月

芝城无处不飞花，
烟柳湖畔燕子斜。
鸭戏湖面知水暖，
钓翁融入水墨画。

2015 年

咏花城

羊城四季花似锦，
姹紫嫣红总是春。
天蓝水碧晴方好，
珠江长桥灯如虹。

2015 年

花城

凌冬树犹绿，
三九花仍开。
朔寒天犹暖，
四季花不败。

2016 年 1 月 21 日

花城眺望

雨洗树更绿，
沐日花更艳。
放眼云天外，

无处不青山。

2016 年 1 月 27 日

羊城花城

金羊衔穗已千年，
花城享誉因花繁。
除夕花市花似海，
处处赏花买花人。

2016 年 1 月 29 日

又咏东方明珠及广州塔

东方明珠南天女，
谁执霓裳漫天舞。
雄狮醒来元元日，
英姿当惊世界珠。

2016 年 1 月

乘车回粤所见

千山万谷岚气生，
群峰隐于云雾中，
神龙飞越三万里，
猛虎腾跃千仞重，
十面埋伏十万兵，
秦王挥师战群雄，
又如仙界瑶台池，
玉女莲花影朦胧。

2016 年 4 月 9 日

又咏滕王阁

飞阁流丹立江边，
韶光冉冉越千年，
不是滕王宴文士，
哪得王勃赋华章？
赣江碧波流不息，
滕王阁耸天宝地，
高楼如林桥如虹，
谁人为我献珠玑？

2016 年 6 月

下川岛王府洲泳场畅游有感

人生难得数日闲，
下海畅游心怡甘。
有如蛟龙返大海，
又如猛虎下山冈。

海岛青青粤天蓝，
飞艇遨游彩鸟翔。
小艇海面如穿梭，
游客戏水别样欢。

2016 年 8 月 14 日

游台山下川岛王府洲景点有感

群峰环峙王洲旁，
玉女乘龙欲飞天。

帝宛群楼如珠玉，
仙气氤氲夜色兰。
茫茫大海浩无边，
阵阵海浪卷白线。
俊男俏女下海戏，
碧波呈现百花园。

2016 年 8 月 24 日

咏永福塔

远看一支笔，
近观塔千寻。
矗立芝城内。
英姿傲苍穹。

2017 年 4 月 18 日

咏粤港澳大桥合龙

粤港澳桥今合龙，
三处宝地一时通。
不是人民创造力，
哪得碧波现彩虹？

2017 年 6 月 10 日

咏菊

——观菊展有感

秋空高洁人清爽，
园中菊花飘异香。
黄如金甲红如霞，

白如瑞雪紫如裳。
东边细细缀金线，
西边团团赛牡丹。
千娇百媚般般好，
柔情万种朵朵妍。

2017 年 9 月

4. 咏赞

感怀周恩来

口边起滔滔，
腹内任马跑。
为党沥血瘁，
治国呕心劳。

1976 年 1 月 15 日

缅怀周恩来总理

智识渊似海，胆气惊鬼神。
治国平天下，岂过羽纶巾。

南昌炮声隆，大志得以逞。
工农建义军，堪称创始人。

秋收起暴动，瑞金旌旗红。
巍巍根据地，护卫毛泽东。
四次反“围剿”，决胜决策明。

北上抗日去，长驱两万五。
漫漫长征路，围追复险阻。
鸡鸣现晨曦，遵义生豪举。

确立党领袖，红日照征途。
君怀报国志，含辛茹大苦。
草根亲与尝，士率同为伍。
君伴毛泽东，开拓新征途。

雄跨腊口月，红军到陕北。
西安风云起，君赴国难急。
口内起滔滔，重布合作棋。

八年鏖战急，操劳何曾息。
置身虎狼中，傲然举红旗。

赶跑日本军，重庆摆擂台。
伴随毛泽东，收获民心回。

谈判协定毁，烽火遍地哀。
君伴毛泽东，转战陕北台。

小小西柏坡，大战指挥台。
毛帅挥巨手，周公巧安排。

可笑蒋介石，不堪一击哉。
三战三大捷，雄师扫尘埃。
大军过长江，东方现朝晖。

漫漫开拓路，方正第一步。
战斗未有穷，帷幕渐拉开。
睡狮苏醒日，吼声震中外。
祖国沐朝阳，山川更娇美。
奴隶得解放，日子蒸蒸上。

威信君何高，六亿团结牢。
内治战争伤，外御美蒋朝。
强兵又富国，有赖君之劳。
遍访十三国，中国志气高。
济济集万隆，豪言壮东风。

国际卷乌云，反华浊浪滚。
君如中流砥，昂首迎风云。

“文革”起大风，苦撑危局中。
为护良才将，呕心沥血红。
耿耿忠烈胆，长缨缚林凶。

胸内可跑马，腹中可行船。
谈笑强虏灭，叱咤起风云。
品高人自谦，志壮遏流云。
谈吐雅而威，举止自豪迈。
两目炯炯视，共产主义红。
鞠躬尽瘁劳，全心为人民。
奋斗五十载，忠心泣鬼神。

到处莺燕舞，忽而悲音来。
君今长辞世，恰如山崩摧。
大厦失栋梁，举国尽恸哀。
悲愤化伟力，海倾山为裁。
革命风雷滚，工农旌旗奋。
喜看春苗壮，擎旗自有人。

1976 年 1 月 15 日[①]

① 周总理逝于 1976 年 1 月 8 日。

悼思周恩来

泰山崩兮天柱折，
伟人长逝冻云裂。
黄河呜咽万民哀，
阴霾蔽空何时灭！

1976 年 4 月

怀念毛泽东

一

九九是重阳，战地黄花香。
惊闻君长逝，泪珠流成行。
蓝天白云郁，青山哀苍苍，
国际歌悲曲，为君写华章。

二

一八九三年，红日吻韶山。
普通农家里，诞生一儿郎。
长成思救国，长沙读师范。
击水三千里，以血荐轩辕。

三

长夜赤县天，魔怪舞翩跹。
君自举火炬，南湖始创党。

四

一九二七年，独秀危害党。
秋收起暴动，君自挽狂澜。

五

巍巍井冈山，工农鼓角壮。
三次反“围剿”，红旗映晚天。

六

湘战何悲壮，江水碧血染。
红船搁浅滩，何人来领航?

七

君提改道黔，布局大棋盘。
遵义生豪举，众心归帅帐。
四渡赤水河，甩掉百万狼。

八

长征路漫漫，草地兼雪山。
君是北斗星，黑夜指方向。

九

雄跨腊口月，红军到陕北。
延水集英豪，宝塔铮如铁。

十

瓦堡灯光明，烈焰贯长空。
灯下君疾书，笔下起大风。

十一

八年鏖战急，君劳何曾息，
定策帷幄中，决胜千里地。

十二

为揭假和谈，大勇不避难。
重庆摆战台，雄威天下传。

十三

介石毁和约，燃起内战焰。
君坚留陕北，帅旗迎风扬。

十四

辽沈平津淮，运筹君胸怀。
三战三告捷，所向披靡哉。

十五

穷寇追可当？君自喻刘项。
叱咤百万师，万帆过长江。
扫荡蒋军顽，推翻“三大山”。

十六

晨曦出东方，中国沐朝阳。
君立天安门，宏声传四方。
人民有了党，日子蒸蒸上。

十七

朝鲜起烽烟，人民多苦难。
君发志愿军，赳赳过绿江。
中朝浴血战，并肩制美顽。

十八

一九六二年，乌云浊浪翻。
赫夫集啰众，反华闹一团。

君是中流砥，峻峭不可伤。
高举马列旗，一任风雨狂。

十九

君忧国变色，“文革”烽烟燃。
天下大乱起，小丑跳梁忙。
林彪欲翻天，可悲摔尔汗。
君自有慧眼，劝诫“四人帮”。

二十

战斗方正酣，需君来领航。
忽而噩耗发，涕泪湿衣裳。

二十一

掌上千秋史，胸中百万兵。
眼观五洲云，笔下走雷声。
雄文今犹在，倒海喷云霞，
毛泽东思想，灿灿放光华。

二十二

才略甲天下，风采发春华。
广施东风雨，恩惠泽万家。
功绩载青史，万古播英名。

二十三

君是大鹏鸟，一翔九万里。
君是北海鲲，戏水碧波里。

二十四

挥泪继君志，四海起风雷，

战士欢笑日，解放全人类。

1976年9月19日[1]

咏邓小平

伟人不在于身高，
有才不在于相貌。
有识者才能有胆，
遭厄者世事更晓！

1977年

有感毛主席诗才

马背作诗英杰志，
征战吟唱大帅风。
大雪压城沁园春，
万古流芳满江红。

1987年4月9日

小鸟

——赠一九八七届初中毕业生

小鸟学飞三年春，
羽翼渐丰上入云。
不怕天际风和雨，
振翅一翔万里程。

1987年6月

① 毛泽东主席逝于1976年9月9日。

七绝

——书赠彭校长

热情待人诚可敬，
礼贤下士大帅风。
人生贵在相知心，
华屋如草黄金轻。

1987 年 8 月 20 日

缅姜夔

一生落拓，
穷愁寂寞。
扬州慢里，
黍离悲歌。
峭刚白石璞玉，
闲云野鹤漂泊。
边城废池残柳，
清角冷月红药。
亭亭荷花立凌波，
梅红点点凝佳作。
幽雅情愫，
催发几多红萼！
词林辛公并辔，
艺苑留香翰墨。
斯人去后八百载，
故园群星灼灼。

1995 年 12 月 20 日

洛神

踏盈盈之凌波，
展飘飘之霓裳。
启皓皓之玉齿，
露艳艳之娇颜。
眼如明星之灼灼，
发如乌云之飘扬。
唇不点而含丹，
脸不施而润朗。
肤如凝脂之白皙，
胸如雪卧之山冈。
腿如精琢之美玉，
腰如柔软之垂杨。
出如圆月之临空，
立如亭亭之红莲。
摄洛水之英魂，
汲百花之馨香。
美哉，雅哉，
洛水之仙！

1998 年 7 月 28 日

咏彭德怀

当年仗剑走天涯，
枪林弹雨把马跨。
森森赤胆惊风雨，
耿耿忠心映晚霞。
百团大战撼山岳，

虎威一怒胡匪怕。
援朝雄师美帝惧，
为民鼓呼热泪下。
将军解甲归田去，
万民叹息漫吁嗟。

2003 年 10 月

咏凤凰

凤凰非凡鸟，
得时自高飞。
振翼凌苍穹，
踏云破雾霭。
海浪涌红日，
广宇尽朝晖。
即兴当空舞，
羽衣成五彩。
群鸟均来朝，
漫飞何快哉。

2004 年 4 月 17 日

大勇赴会

——咏毛泽东赴重庆谈判

漫天风雨漫天雷，
一诺千金震海内。
慷慨赴会何所惧，
如此勇毅却为谁？

2010 年 3 月 5 日

赞邓小平

心如明镜身似龙，
年近花甲尚争雄。
襟怀大计治天下，
胸有良谋导国荣。

2010 年 6 月 28 日

吟四渡赤水

赤水河，
红军河，
蛟龙入水戏碧波。
四渡来去幻莫测，
蒋公蒋公奈我何。

2014 年 7 月 17 日

咏长征

长路漫漫危难多，
湘江一战血成河，
茫茫长夜望北斗，
众望泽东重执柯，
虎归帅位龙入河，
四渡赤水幻莫测，
豺虎反被小兔戏，
夺桥一跃入陕北，
回望草地岷山雪，
延安宝塔镇山河。

2014 年 7 月 17 日

咏柳如是

秦淮荡桨泣声声，
大江东流亡国魂，
可怜怨女楼头柳，
悲歌一曲唱谁听，
劝君莫奏异国调，
一代红颜照河清。

2016 年

咏朱德

蔡锷军中一将骁，
反袁护法功劳高。
奔走天涯为真理，
上下求索入红涛。
南昌起义居功伟，
激战三河旗不倒。
湘南再把烽火燃，
会师井冈称朱毛。
朱毛红军军威壮，
四反“围剿”铁桶销。
蒋凶闻讯心胆裂，
红军威名贯云霄。
寒夜漫漫长征路，
国焘野心起炉灶。
君自壮言表心迹，
大义凛然卫朱毛。
国共合作抗倭寇，

走马太行意气豪。
枣园灯光彻夜明，
为卫帅旗敢发声。
功高名重不自显，
党旗飘飘一老兵。
开国元勋垂青史，
赫赫元帅有威名。

2017 年 6 月 5 日

5. 咏月

静夜

月儿皎皎花弄影，
垂柳依依如有情。
玉人高楼空伫立，
明月何负有心人？

1972 年夏

咏月 · 玉盘静女

一

明月皎皎白玉盘，
天如碧海息波澜。
月中嫦娥与兔戏，
千年桂树发馨香。

二

月如静女出东方，
顾盼生辉恋人眼。
只因明月能有情，
故使人间享婵娟。

1983 年

咏月·柳梢月

月上柳梢吐金辉，
星子数点游碧海。
千里浩波几人浴？
悠悠相思几人寐？

1987 年

危楼月

月如黄金盘，
天如碧玉石。
危楼高百丈，
我欲揽星月。

1987 年

月满湖间

浩浩银光满湖间，
树影婆娑美如兰。
虽然不见仙女浴，
捣衣女子在水边。

1988 年

小湖月色

小湖生荷月生香，
柳影婆娑意绵绵。
波光柔柔水中月，

水中自有一重天。

1989 年 6 月 23 日

月夜偶成

皓皓银光满湖间，
树影婆娑舞翩跹。
仙姑已踏凌波去，
浣纱西子留水边。

1992 年 4 月

秋夜偶成

芭蕉疏影漏清光，
玉阶雕廊夜色阑。
月华如水泻万里，
不知佳人在何方？

1993 年 8 月 23 日

中秋偶成

一

明镜一轮中天悬，
万里山河得清光。
天上嫦娥展倩影，
人间万姓仰头望。

二

凌波盈盈现娇颜，
蟾宫桂子万里香。

仙子飘然下凡去，
因慕人间有团圆。

三

月华如水夜色阑，
玉人不寐倚栏杆。
游子信杳长不归，
嫦娥弄影为哪般？

1998 年中秋

湖上月

一轮白玉盘，
满湖清幽光。
景成水墨画，
心溢春花香。

2005 年 4 月 25 日

春江花月

东山如黛玉兔升，
寥廓江天月一轮。
浩浩黄光凉如水，
春江宛转绕桃林。
月下桃林花似锦，
玉人林下弹琴声。
琴声悠悠绕林飞，
飞上江天驻白云。
白云飘飘欲何往，
为我传去信一声。

离人在外可安否，
对月可思故乡人？
陌上黄花香熏熏，
皎皎月色更撩人，
我心好似春江水，
为君长流到天明！

2006 年 4 月 12 日

中秋明月夜

其一

相传鞑靼虐中原，
民间相约中秋反。
饼里暗藏一把刀，
点点血光照月寒。

其二

天悬一轮白玉盘，
浩浩银光洒红天。
离人怅惘起相思，
宿鸟惊飞疑天光。

其三

自古中秋明月圆，
民间祭月求平安。
嫦娥寂寞天宫冷，
人间歌舞影团团。

2006 年中秋

中秋感怀

一

黄月东升伴白云，
两两相依如有情。
明月愈升愈高洁，
蓝天碧海任驰行。

二

皎皎圆月大又明，
照我天涯未归人。
情思浓浓深似海，
海天何处是归程？

三

月悬中天分外明，
山河万里寂无声。
佳人深夜何不寐？
痴心不悔等情人。

2006 年 10 月 6 日

偶得·碧水明月

碧水长流高山梦，
明月永照玉壶心。
三清山上暮云合，
信江水波常含情。

2006 年

圆月思

金黄圆月升，
倩影欲勾魂。
长天如碧海，
可渡心上人?

2008 年中秋

咏月 · 爱洒人间

明月皎皎浮天宇，
缓缓移行默无语。
光华如水润河山，
点点爱意洒人间。

2008 年 9 月 15 日

湖中月

浩浩黄光满湖天，
远岸近树如黛染。
湖水倒映天上月，
水中自有一重天。

2011 年 4 月 18 日

万绿湖夜月

一

万绿湖水凝碧玉，
水深清澈柔无骨。

湖岛青青鸟声喧，
湖月朗朗照万古。

二

万绿湖岸万重山，
如狮如虎腾跃忙。
水漾山蕴碧色里，
一轮明月万古长。

2014 年 10 月 3 日

东海明月

东海明月升，
照我守岛人。
母海千万里，
舰机任驰骋。

2016 年 1 月 11 日

静月思

圆月隐树梢，
含羞似阿娇。
天幕蓝莹莹，
静如心上人。
唧唧夏虫鸣，
悠悠思我心。
何当生双翼，
达我恋人跟。

2017 年 9 月

6. 感怀

偶感·英才

挚友相聚论古今，
对酒当歌啸长风。
徒有其名如草芥，
大苦大难出英雄。

1971 年

有感·狼乱纪纲

可叹豺狼乱纪纲，
黄钟毁弃鼠跳梁。
不随汝辈献俗艳，
敢上高台争文章。

1972 年

闻稿被窃有感

君莫盗我稿，
我稿非好宝。
欲得大珍珠，
须到深海捞。

1981 年

七律·国庆有感

擎天利剑斩青峰，
除害本是元元功。
天安门前群雄起，
霹雳一声四海动。
三中全会旌旗红，
思想解放吹春风。
农者乐田工求效，
四化战场凯歌宏。

1983 年 10 月 1 日

满江红·国庆抒怀

石破天惊，
环宇震，
“四害”剿灭。
侧耳听，
四化号角，
频吹似铁。
神州十亿争飞跃，
赤县掀起科技热。
望有志之士齐努力，
强中国。

金瓯缺，
尚未合，
香港耻，
犹未雪。

跨卫星，
巡视祖国山河。
登山万仞未曾歇，
志在千里何烈烈。
为红日普照世界时，
洒热血。

1983 年 10 月 1 日

七绝 · 新屋上梁作

金秋十月气清爽，
真龙横空卧明堂。
千苦万辛构华夏，
歇凉莫把创业忘。

1983 年 10 月 4 日

悼父

家父临崩逢天哭，
心血燃尽成灰烛。
英魂早升千千界，
亲人哀恸声震屋。

1984 年 3 月 19 日

葬父封山归路作

满地黄花送父归，
子规声声泣血回。
青山为我雾霭合，
天公为我洒清泪。

1984 年 3 月 24 日

自励·秉烛游

人生苦昼短，
何不秉烛游。
六旬花甲子，
胜过九十秋。

1985 年 11 月 5 日

《新芽》《芽草》创刊有感

争春何其早，
献果何其迟。
望君及时出，
莫做落后枝。

1987 年 3 月 30 日

见田园荒芜有感

无意事农桑，
但为经商忙。
倘使无米谷，
看你吃啥样？

1988 年

偶成·顽石

空洒一腔心血，
换来两袖清风。
纵然万般教化，

可使顽石腾空？

1988 年

偶感·绿萍

春水浮绿萍，
何处是归梦？
江海波涛急，
小湖静如谧。

1990 年 5 月 20 日

沁园春·国庆、中秋及亚运会随想

中秋之夜，
明月皎皎，
天宇清朗。
适海峡同胞，
喜聚北京，
切磋技艺，
共享婵娟。
举手揽日，
下海捉蛟，
可挽雕弓射天狼。
待明天，
看中华一统，
国势更强。

十月丹桂飘香，
感亚运盛会竟空前。
昔山河破碎，

百姓蒙难。
“东亚病夫”，
奇耻难忘。
仁人志士，
争先奋斗，
敢以热血荐轩辕。
欣今朝，
听醒狮怒吼，
雄风再现。

1990 年中秋之夜

劝君九歌

劝君莫打三春鸟，
百鸟闹春春意浓。
结成鸳鸯孵出子，
鸟语花香迎日红。

劝君莫捕孕仔鱼，
春江水暖鱼先知。
你追我逐争产卵，
黄金点点满湖江。

劝君莫逮田中蛙，
米谷之神堪可夸。
吞尽禾田百样虫，
稻香飘入千万家。

劝君莫猎林中兽，
百兽共人栖宇宙，

可叹世上物种稀，
生态环境护第一。

劝君打草莫去根，
百草是药医百病。
采来草药留草籽，
撒下草籽救苍生。

劝君莫砍林中树，
树木根系固水土。
调节气候放出氧，
大地处处葱郁郁。

劝君慎用化学剂，
塑料大都含毒气。
莫使毒素沾食物，
白色垃圾人人忌。

莫倾污水入江海，
污水下海鱼悲哀。
巨鲸搁滩来自杀，
海中生灵均难活。

莫放毒烟入天空，
毒烟升空害鸟人。
天清气朗诚可贵，
阳光雨露拂清风。

1997—1998 年

教史有感

览历史沧桑，
看鱼龙浮现。
十年铸剑，
沙里淘金。
杜鹃啼泣，
万点梅花血凝成。

胸中风走雷动，
笔下刀光剑影。
振臂一呼，
山鸣谷应。
精卫高飞，
猎猎战旗映天红。

1999 年 3 月 3 日

念奴娇 · 21 世纪降临感怀

黄河奔涌，
涛声酣，
多少英雄揭竿，
井冈壁立，
赤旗举，
朱毛兵强马壮。
万里长征，
遵义定舵，
红船驶过险滩，
夺桥闯关，

跨越千重山。

巍巍宝塔擎天，
延水静流去
枣园灯亮。
雄文昭日，
帷幄间，
敌顽化作飞烟。
三大战役，
美人谁曾想，
国军倾殇，
风云激荡，
衍成千古华章！

1999 年 7 月

21 世纪来临有感

忆昔烽火举赤县，
革命号角响连天。
万民同心战腐恶，
三山崩塌展新颜。

“四害”灭尽法新王，
改革开放谱新篇。
世纪曙光喷薄出，
五洲四海俱欢颜。

2001 年元旦

沧海桑田
——有感于一篇初中语文课文

千年石头化泥土，
土埋千年变石头。
千仞高山沉海底，
万丈大海成平地。
生生死死死死生，
天地造化堪神奇。

2002 年 2 月

偶感·读书写作

书中光阴短，
纸上思绪长，
何当生双翼，
翱翔云海间！

2002 年 9 月 18 日

织衣娘

日织裳，
夜织裳。
三更起，
五更寒。
何其忙，
为哪般？
只为他人作嫁衣，
堪可怜！

2003 年 4 月 12 日

偶成·天马

大浪淘沙英石存，
红尘滚滚见豪雄。
世人昏昏几人醒，
天马临空任驰骋。

2003 年 5 月 5 日

偶感·猛虎蛟龙

猛虎落平川，
蛟龙困浅滩。
但闻风雷起，
龙腾虎作王。

2004 年 6 月

感怀·笔走龙蛇

霜如银，月似钩，
一杯浊酒写春秋。
悠悠心事连广漠，
滔滔愁绪付江流。
一腔心血凝笔端，
千般情愫洒卷袖。
举头不觉残月落，
雄鸡报晓枫桥头。
长叹一声惊宏宇，
旭日爬上东山口。

2005 年冬

偶感·钻石

钻石跌落污泥潭，
不见熠熠之辉光。
倘使洗净身上污，
宝光重灼逼人眼。

2006 年 10 月 2 日

咏战

谋定而后动，
决策帷幄中。
粮草须先行，
军发如雷轰。
立如松，
快如风。
决胜千里外，
输赢主帅胸。

2006 年

好了歌

天下美人知多少？
百步之内有芳草。
这峰望着那峰高，
还把黄山错过了。
长江之水波滔滔，
一浪更比一浪娇。
劝君珍惜身边物，

莫让遗恨无终了。

2009 年 6 月 15 日

自励 · 剑锋常磨

才高八斗少一升，
书富五车缺一捆。
知己不足当自谦，
剑锋不磨久会钝。

2010 年 7 月 4 日

偶感 · 雾里花

园中百花姿缤纷，
姹紫嫣红争绝伦。
雾里看花花皆美，
外秀内慧几人存？

2010 年 11 月 29 日

误收“熊诗财”信有感

上天赐我雄狮才，
吾一开口举世奇。
山崩地裂海咆哮，
日月失色见星辉。
雷声阵阵雨滂沱，
大地如洗扫污秽。
百兽匍匐来归顺，
云开日出现春晖。

2012 年 4 月 10 日

有感于一九七七届上清师范同学毕业四十年聚会

同学相聚情意浓，
鬓角微霜心尚雄。
远道古树风景好，
衔山夕阳别样红。

2017 年 7 月 6 日

游鄱阳湖湿地公园有感

鄱湖碧水接远天，
万千鸥鹭舞翩跹。
湖岸青山映日紫，
湖面白帆星点点。
我谓天公遗碧玉，
神女翩翩下水娱。
天工造物堪可赞，
谁来护我碧玉珠？

2017 年 7 月 7 日

偶感·治国用人

治国不一道，
用人更深奥。
治国当求强，
用人当用贤。
为民当奋发，
为官当求廉。
家足国自富，

国富尚能强。

2017 年 8 月 23 日

有感于农民不交公粮

自古务农皆纳粮，
如不纳粮如造反。
如今吾党治中国，
农民种田不纳粮。
卖粮还行保护价，
意使务农免受伤。
如今农村楼房多，
农民奔富享小康。

2017 年 8 月

哀喜鹊失雏

岸柳悬湖岸，
喜鹊上搭巢。
春来孵出雏，
喂食鸣啁啁。
孩童不识事，
攀树掏鸟巢。
幼鸟掏之去，
母归长鸣号。
终日不觅食，
上飞下又跳。
二至三日后，
一头栽树梢。
观此吾心悲，

方知鸟人同。
母子心连心，
子丧母悲号。
一日复一日，
心底长滴血。
我心生戚戚，
长哀鹊失雏。
为人应爱鸟，
不可毁子巢。

2017 年 8 月

偶感·人生

人生如戏戏人生，
真真假假假假真。
但有一字君须记，
世上只有情最珍。

2017 年 8 月 31 日

家

不是一家人，
不进一家门，
不上一桌食，
不上一床寝。
夫妻同林鸟，
思春相鸣号，
常时相与亲，
难时分飞高。
分飞复又合，

林间相媚好。

2017 年 8 月 31 日

期黄河变清

黄河九曲万古雄，
两岸沃土养万民，
无奈河高时决口，
水漫大地万户辛。
倘使千山万木茏，
小溪清水流淙淙，
万水汇聚奔大海，
黄河泥沙一扫空。

2017 年 9 月 19 日

偶感·大浪淘沙

大浪淘沙英石存，
烈火焚烧见真金。
从来路遥知马力，
千难万险出英雄！

2017 年 11 月 9 日

7. 乡情

咏双港塔

鄱阳湖水浪滔滔，
船倾楫摧鬼狼嚎。
双港口岸高塔起，
风波铜镜镇湖妖。
千帆万帆绕塔过，
从此鄱湖风浪消。

九八洪水百年少，
塔脚洗空塔身倒。
哀哉雄姿今何在，
徒留余叹酹滔滔。

2002 年 9 月

湖之居

巍巍红楼立湖滨，
朝迎旭日暮送云。
饱览月辉满湖宇，
遥看波光金粼粼。

一挂葡藤悬窗棂，

犹如绿瀑落天庭。
串串葡萄紫水晶，
时有好鸟藤上鸣。

徒空四壁少装潢，
唯有书香满室闻。
闲来聊作书画趣，
还有琴箫伴诗魂。

2003 年夏

长歌行·咏鄱阳

彭蠡古大泽，历来隐龙蛇。
英布起雄兵，除暴打天下。
白石携卷唱，范公驻烟霞。
英豪闹红潮，至今留佳话。
时空越千载，鄱城起变化。
大桥如长虹，高楼映晚霞。
轿车穿梭行，游人多如麻。
霓虹闪七彩，倩女步婀娜。
地宝才俊多，熠熠放光华。
天公助我力，雄文临天下。

2006 年 10 月

水调歌头·古今韵事

——和姚道生兄一首

彭蠡古大泽，
碧水润鄱阳。
水运通万里，

商贾如云烟。
宝塔雄视千载,
英布白石仲淹,
铙腔唱漫漫。
渔舟归来处,
晚霞红半天。

日月行,
时光转,
越千年。
鄱阳城里,
翻天覆地起巨变。
大桥长虹卧波,
高楼林立如山,
轿车竞穿行。
水墙起江岸,
大道通远天!

2006 年 10 月 15 日

月亮湖

——咏家乡墨湖

月亮亮,湖圆圆,
湖水闪银光。
湖岛鸟声息,
岛树影团团。
湖岸灯一片,
红雾映北天。
湖水如静女,
胭脂上脸庞。

恋人行止步，
相拥享婵娟。

2009 年 8 月

咏鄱阳湖湿地公园

茫茫湿地园，
百鸟舞翩跹。
红霞映白羽，
碧水接蓝天。

2009 年 12 月

咏鄱阳

番县波阳至鄱阳，
韶光一去二千年。
国门打开向世界，
革故鼎新现尧天。
幢幢高楼平地起，
条条公路平又展。
白昼路上车如龙，
入夜霓彩放霞光。

2009 年

鸟天堂

鄱阳湿地鸟天堂，
凌冬候鸟满湖滨。
飞时遮尽天边云，
落时一片白茫茫。

鹅雁高奏交响曲，
鹤鹳丰姿舞蹁跹。
清水潾潾浴鸟衣，
小鱼小虾美食粮。
禁湖时节人迹少，
偶尔湖滩见牛羊。

2016 年 12 月

8. 思念

盼归

盈盈秋波望欲穿，
一水分隔两重天。
何当云破明月出，
海峡儿女共婵娟。

1980 年

悼念父亲

一生坎坷磨难多，
世事通达人谦和。
族人尊重邻里敬，
犹记儿时慈爱波。

1984 年 3 月

虹宇遥寄

一

彩虹一挂天放晴，
玉兔皎皎夜色明。
清辉柔柔泽广宇，
山蕴思水含情。

二

人间后羿长相望，
玉宇嫦娥彻夜舞。
天河辽阔七夕遥，
相思血泪洒红雨。

2005 年 6 月 10 日

长相思

两情柔柔长牵手，
花前月下漫步走。
君为事业天涯去，
妾思点点结红豆。

2005 年 6 月 11 日

惜别·桃花岸

一夜春风一夜话，
剪烛寒窗月西斜。
桃花岸边洒泪别，
何日郎君再回家。

2006 年春

春水伊人

伊人伊人何难求，
遥遥去那河之洲。
抚花诉说花解语，
对月凝望月含羞。

石岩为之冒清泉，
枯树感动萌新柳。
春水漾漾春潮涨，
河岸水鸟鸣啁啁。
伊人伊人何时返，
何时见你归之舟？

2006 年 9 月 28 日

盼

楼台伫立望伊人，
千车万马行不停。
红烛深知相思苦，
一夜垂泪到天明。

2006 年 9 月 30 日

偶成·离人

月色皎皎水融融，
岸柳静静影朦胧。
蛙鸣数声报春讯，
离人忧思接远空。

2007 年 3 月

秋思

月如钩，
黄花瘦，
谁人树下独守候。
相思如许，

点点佳景惹人愁。

天如水，
帆影收，
有人高楼远凝眸。
飞鸿传语，
奴心早随伊人游。

2008 年 10 月 3 日

思

与伊相交三年久，
音容笑貌萦心头。
思念有如甘醇酒，
一份相思一份愁。

2009 年夏

9. 杂咏

看《东周列国志》有感

周有江山八百年，
侯国纷争血涟涟。
五侯图霸逞智勇，
七雄征战势并兼。
苏秦利舌说合纵，
张仪审势道近远。
商鞅变法强秦力，
嬴政俊才驾虎狼。
雄兵百万灭六国，
天下一统号始皇。

2000 年 7 月

咏鸣山庙明封柏树将军

朱陈二雄争不休，
只为江山一统筹。
鸣山庙前鏖战急，
弓弦响处鬼神愁。
柏树轩昂挺身出，
以躯挡箭血浆流。
壮士一举惊天地，

树痕结成猛士头。
多少英烈勤王事，
洪武登基皆封侯。
将军美名扬天下，
勃勃英姿枝叶茂。
雨雪风霜浑不怕，
无奈愚夫一斧钩。
六百年后树何在？
空余惆怅在心头！

2001 年 5 月 2 日

永福塔吟

东湖浊浪涌千重，
阵阵黑气射九空。
国运衰微妖孽起，
毒蛇变作美女星。
飞入京城食皇妃，
娇媚巧笑得君心。
皇上自此不早朝，
万千宠爱在一身。
妖气缠身入膏肓，
昭告天下治病人。
范公雄才镇五岳，
仗剑入宫斩妖蛇。
妖蛇受伤逃遁急，
上官岭脚归巢穴。
紫禁城内复紫气，
君王病榻又回春。
范公返鄱造浮屠，

永镇妖蛇不复魂。
巍巍宝塔高千寻，
上摩青天下抚民。
九条巷弄九利箭，
东湖从此波浪静。
磨子桥上磨盘九，
为磨箭镞免伤人。
范公[1]风范昭天下，
千古佳话传美名。

2002 年 9 月 19 日

咏白莲花

——重观《白莲花》有感

清清水面一枝莲，
洁白无瑕生馨香。
本为柔美一女子，
足跨白马手使枪。
一身武艺一身胆，
占山便为草头王。
只为爱慕真豪杰，
投奔红军杀豺狼。
可恨敌特使反间，
纵有百口心难辩。
上对莽莽之苍天，
下临万丈之深渊。
后有追兵枪无弹，
英姑纵马下悬崖。

---

① 范公指范仲淹。

从此香消花陨落，
长留遗恨在人间！

2011 年 8 月 15 日

以梅为题
——有感于七步成诗

墙上一枝梅，
灼灼向谁开。
我欲伸手折，
又恐主人怪。

2014 年 12 月 30 日

咏花千骨
——观电视剧《花千骨》有感

亦师亦友亦恋人，
千骨用情何太深。
滴血为求救师药，
为爱万箭来穿身。
子画所为太懦弱，
卫道似乎失本真。
所幸磨难终离去，
苦命鸳鸯得飞升。

2015 年 10 月